Eva Lausch

Die Katzz vom Schlammberg ..... un mir

Katzzige Lebensgeschichte der
eigensinnigen Stubentigerin Pussy
und ihrer kindlichen Dosenöffnerin im
Saarland in den fünfziger und
sechziger Jahren .

Ein Miauuu für Alle !

Verlag und Druck: tredition GmbH, Halenreie 40-44, 22359 Hamburg

ISBN Taschenbuch: 978-3-7497-2956-2
ISBN Hardcover: 978-3-7497-2957-9
ISBN E-Book: 978-3-7497-2958-6

Bibliografische Information der Deutschen Nationalbibliothek:
Die Deutsche Nationalbibliothek verzeichnet diese Publikation in der Deutschen Nationalbibliografie; detaillierte bibliografische Daten sind im Internet über http://dnb.d-nb.de abrufbar.

Inhaltsangabe

*

Danksagung

Danken möchte ich allen, die mir mit Rat und Tat geholfen haben, dieses Buch zu schreiben !
Insbesondere meiner Cousine Ute, meinem Sohn Raphael und ganz besonders meinem Mann und natürlich auch meinen beiden Pelznasen, Floh und seinem Freund Moritz, die mich immer wieder durch ihr Schnurren , Schmusen und Quatschmachen an alte Erlebnisse erinnerten und auch neue produzierten, die dann dieses Buch lebendig bereicherten.
Ohne das Internet (siehe Quellen-Nachweise) hätte ich auch für so manche Information sicher wieder die Uni- Bibliothek in Saarbrücken heimsuchen müssen .
Ohne meinen Mann wäre das Buch nicht entstanden .

Danke !

Leben mit der Katzz im schönen Saarland unter`m Förderturm

So lange ich zurückdenken kann, lebten wir in Sulzbach – Altenwald, an der Hauptstraße, mit Katzen zusammen.

Die erste, an die ich mich erinnern kann, hieß Pussy . Ein grau getigertes Weibchen.

Eine kleine Streunerin, die ihre Freiheit über alles liebte.

Wir wohnten an einer sehr belebten Straße, die direkt in die Landeshauptstadt Saarbrücken führte und schon damals, in den fünfziger Jahren, recht viel befahren wurde.

Meine Urgroßmutter, eine für ihre Zeit sehr emanzipierte Frau, hatte das alte Prämien -Haus gekauft, es von Ihrem Schwiegersohn um - und zum Geschäftshaus ausbauen lassen, weil ihr Elternhaus, in dem sie zuvor ihren Laden schon etliche Jahre geführt hatte, wegen gravierenden Bergschäden abgerissen werden musste.

Man soll vom Ehebett des Schlafzimmers im Dachgeschoss des alten Hauses durch große Risse in der Giebelwand einen sehr guten Ausblick auf die Straße und alles was sich dort so tat gehabt haben. Möglichkeiten, die später schmerzlich vermisst wurden, wurde man doch früher schon in der Horizontalen Zeuge interessanter Morgengespräche auf der Straße, frühe soziale Netzwerke besonderer Art !

Das neue Schuhgeschäft, das nach dem Tod meiner Urgroßmutter in meiner Kindheit von Ihrer Tochter, meiner Oma, weitergeführt wurde, war eine Goldgrube. Täglich kamen Bergleute, um sich Grubenschuhe zu kaufen oder auch Schlappen für den Feierabend.

Sie arbeiteten auf der Altenwalder Kokerei Röchling, der ältesten in Deutschland, die 1963 geschlossen wurde. Sie befand sich Luftlinie unmittelbar ca. 150 m hinter unserem Grundstück. Diese Industrieanlage bestimmte über lange Zeit das Schicksal meiner Vorfahren und das ganzen Ortes.

Tag und Nacht konnte man die Aktivitäten an den Hochöfen durch unser Küchenfenster beobachten.
Die Arbeit an den Öfen stand nie still. Ständig wurden sie neu beladen oder fertiger, rot glühender Koks, gelöscht und mit der Eisenbahn abtransportiert.

Das Milieu

Laute Zurufe der Arbeiter drangen durch die Nacht, übertönt vom zischenden Geräusch das entstand, wenn Löschwasser den glühenden Inhalt, der sich aus den Hochöfen entleerte. abkühlt. Anschließend kamen knatternde Raupen, um das begehrte schwarze Gold auf die Loren der Züge zu verladen, die auf den Bahngleisen direkt an der Anlage schon bereitstanden. Ich kann noch immer das Schnauben der Dampfloks hören , den beißenden Rauch aus dem Schornstein riechen und sehen , wenn sie an und abfuhren.

Die Luft war schwer, es roch nach Ruß und Schwefel. Unser Leben wurde von ständig herumfliegenden, störenden Ruß-Flocken beeinträchtigt. So wie im Winter Schnee vom Himmel fällt, rieselte es bei uns Ruß , wenn der Wind ungünstig stand. Weiße Klamotten waren verpönt, weil sie nie lange weiß blieben und wenn man im Sommer im Garten aß, klebte der Ruß in schwarzen Flocken an der weißen Butter. Mein Vater, ein Pfälzer, der hier eingeheiratet hatte, konnte sich nie an die nächtliche Belästigung gewöhnen und litt besonders in heißen Sommernächten, wenn man das Fenster nachts weit öffnete, unter Schlaflosigkeit.

Für uns, die wir schon hier im Ort geboren waren,war das alles normal und störte uns nicht besonders. Allerdings, wenn ich so an diese Zeit zurückdenke, fällt mir auf, dass viele Nachbarn an Krebserkrankungen starben, die älteren, pensionierten Bergleute, die ein Leben lang unter Tage gearbeitet hatten, oft an permanenter Atemnot litten und Lungenkrank waren. Da war die gute Rente nur ein schwacher Trost. Die Ruhestandsgelder jedoch waren damals so hoch, dass die Ehefrauen oder Witwen schon morgens im teuren Pelzmantel und Schmuck behangen ihre täglichen Einkäufe erledigten.

Viele Kinder husteten permanent und liefen immer mit laufender Rotznase umher. Die hat der Arzt dann zur Kur an die Nordsee geschickt.

Ich denke, auch meine Urgroßmutter hat letzten Endes einen teuren Tribut für die örtlichen Gegebenheiten bezahlt , starb sie doch schon mit 68 Jahren an Krebs.

Fährt man heute durch den Saar-Kohlewald oder auf der Schnellstraße an der Saar entlang, von Saarbrücken Richtung Völklingen und Saarlouis, so ist einem das historische Erbe noch ganz nahe. Ein Besuch in Völklingen mit seinem Weltkulturerbe Völklinger Hütte bietet da tiefe Einblicke in die industriellen Verhältnisse der saarländischen Nachkriegszeit .

Auf der riesigen Halde in Landsweiler - Reden, (die Grube förderte von 1847-1995) kann man neben dem Gondwana Park, das ist ein prähistorischer Urzeit Park, der die Erdentwicklung über 4,5 Millionen Jahre verdeutlicht, zu Fuß oder mit einem Shuttle-Bus, ein Wanderlokal, die Bergmanns Alm genannt, besuchen und dabei einen herrlichen Rundumblick über weite Teile des Saarlandes genießen (www. Urlaubsort Saarland.de) . Seit zehn Jahren bietet der SR

3 mit seiner Sommeralm Musik-Events in großem Stil an. Man kann da im Sommer eine Woche lang jeden Tag kräftig abfeiern, was sehr gut angenommen wird.

Das Gelände der ehemaligen Grube Göttelborn, die als letzte im Jahr 2000 geschlossen wurde, nachdem zuvor noch immense, sinnlose Investitionen getätigt wurden, dient heute der Stromgewinnung und bietet mit dem sogenannten Himmelspfeil, den Überbleibseln der Industrieanlage und dem neuen Solarkraftwerk, ein lohnendes Ausflugsziel für Wanderer und Touristen. Der weiße, nie in Betrieb genommene Förderturm, Weißer Riese genannt, ist schon von weitem von der Autobahn aus zu bewundern. Die Solaranlage wird von der City Solar AG betrieben und besteht aus 23000 Modulen. Das Ganze bring eine mittlere Leistung von 0,9 MW und deckt den Bedarf von 3500 Haushalten (lt.Wikipedia).

Die Saarländer versuchen aus dem Ende der

Kohleaera das Beste zu machen, neue Industrien anzusiedeln, einem Teil der bestehenden Anlagen anders zu nutzen, so wie man z.B. in Neunkirchen in einen alten Gasometer ein Kino eingebaut hat, die Stummsche Halle für Kulturelle Events nutzt und die alten Anlagen mitten in der City nachts phantastisch bunt beleuchtet. In Saarbrücken in Uni- Nähe ist ein neues Institut entstanden, das in Puncto künstlicher Intelligenz die Nase ganz weit vorne haben soll. Die Stadt bietet Konferenzzentren für internationale Tagungen und unsere französischen Freunde kommen gerne, um gut, preiswert und problemlos einzukaufen. Wo die Landesgrenze zwischen zwei einst verfeindeten Nationen verlief, können heute Ortsfremde nur raten. Alles in allem gesehen lässt sich die Vergangenheit des Landes jedoch selbst nach sorgfältigen Begrünungen und Renaturierungen noch immer nicht leugnen und das hat seinen ganz besonderen Charme.

Vielleicht das wichtigste Standbein der saarländischen Wirtschaft ist heutzutage die Autoindustrie. Sie schafft die meisten Arbeitsplätze und leistet den größten Beitrag zur finanziellen Wertschöpfung dieses Bundeslandes. Außer unzähligen Zulieferfirmen für praktisch alle deutschen Autoproduzenten sind die Ford-Werke in Saarlouis, 1966 gegründet und 1970 eröffnet, nicht mehr wegzudenken. (**www.Saarland.ihk.de** Dr. Heino Klingen u. Gerd Litzenburger und **www.ford.de** /über Ford /Geschichte).

Altenwald

Doch nun zurück zum Stadtteil Altenwald, der Gemeinde Sulzbach im Sulzbachtal. Sein Ursprung liegt im Altenwald,wo einst ein fürstliches Wildgehege mit Torhaus existierte. 1841 wurde dort eine Kohlengrube eröffnet. Im Jahr 1843 standen dort elf Häuser mit 76 Einwohnern. 1866 wurden im Bereich Seitersgräben 110 Prämienhäuser für die Bergarbeiter nebst Familien errichtet. Ab 1914 waren dann die beiden Gebiete durch Neuansiedlungen entlang der Hauptstraße, heute Sulzbachtalstraße genannt, zusammengewachsen. (www.Wikipedia .de). Mit zu den ersten Zuwanderern zählte wohl auch der Vater meines Urgroßvaters, der der Sohn einer in Breslau lebenden Familie Lausch war und nach der Erzählung der Familie noch elf Brüder hatte, denen der Vater nicht allen ein Studium finanzieren konnte.

Unseren Garten liebten wir sehr. Hinter unserem Grundstück war ein grasbewachsener Hang - **Schlammberg** - genannt. Der Boden war tief schwarz und bestand aus Kohleschlamm, der beim Waschen der Kohle entstanden war und dort abgelagert wurde. So wie noch heute die ganze Landschaft in unserer Saar - Heimat von Abraumhalden und ehemaligen Absenk - Weihern geprägt ist, hinterließ die Kokerei auch direkt vor unserer Nase ihre Spuren.

Oft musste ich als Kind schon meine Heimat gegenüber meiner Zweibrücker Verwandtschaft verteidigen. Die sagten mir: Gib es doch zu : " Unser Rosengarten mit den vielen tollen Pflanzen ist tausend mal schöner als euer Altenwald. Wir hier haben auch ein altes Schloss, das nach dem Krieg bald wieder renoviert wird und nicht zu vergessen, jedes Jahr den Turner-Jahrmarkt – eine Art Jahrmarkt- Treiben mit vielen Fahrgeschäften, Bierzelt und zünftiger bayrischer Musik, zu der du immer so gerne tanzen willst. Auch der Apfelsaft und die Brezel im Gasthof Hitschler am sonntäglichen Stammtisch mit Großvater und seinen Geschäftsfreunden gefällt dir doch soooo gut. " Ich aber habe immer vehement meine Saar- Heimat verteidigt. " Ihr habt aber keinen Schlammberg mit Kühen darauf und Dampf- Loks kann man hier auch vom Fenster aus nicht sehen. Und, wenn es dunkel ist, sieht man nie brennende Schornsteinschlote. Das sieht so toll aus ! Ihr habt keinen Bach (Abwasser Rinnsal von der Kokerei) hinterm Haus, wo man Papier- Schiffe drauf fahren lassen und Staudämme bauen kann. Aber am meisten fehlt mir bei Euch die Katze. Ihr habt nur Hühner die lediglich doof in die Gegend gucken können. " Mit all dem konnten die Pfälzer nun doch nicht mithalten. Und gegen solche Argumente kamen sie nicht an. In den 50er-Jahren grasten dort auf der Schlammberg – Weide tatsächlich noch schwarz-weiße Kühe. Keine Berg- mannskühe, so nannte man damals die Geißen, wie sie die Grubenarbeiter hielten. Da standen richtige Kühe, die mich als kleines Kind so faszinierten, wonach, laut Mutter, mein allererstes Wort ein begeistertes *Muhkruh* war, und nicht *Mama*, wie erhofft !

Für unsere Katze war das laute Umfeld trotzdem ein tolles Jagdrevier. Tagsüber war sie viele Stunden unterwegs. Waren wir im Sommer im Garten, tollte sie umher, tauchte unversehens neugierig hinter Büschen auf oder spielte mit Blättern, Schmetterlingen, Fröschen und Mäusen. Die Katze und ich waren, wenn wir aus dem Garten kamen, oft sehr schmutzig, klebte doch der Ruß überall an den Blättern von Sträuchern und Bäumen und wir, die Nachbarskinder und ich, tollten nur zu gerne auf dem grau-grünen Rasen herum. An sehr heißen Sommertagen bespritzen wir uns gegenseitig mit Wasser aus dem Gartenschlauch und nach anfänglichem Erschrecken wusste sogar Pussy diese Wohltat zu schätzen und blieb einfach stehen, wenn wir das kühle Nass über sie kippten.

Unsere Natur

Die Katze schlich sich spielerisch im Schatten des hohen Grases an uns heran und war dabei, da gut getarnt, gar nicht auszumachen. Ihr erfolgreicher Schein-angriff mit rücksichtsvoll eingezogenen Krallen kam so überraschend für uns, das wir uns gehörig erschreckten und danach hatten wir deshalb einen Riesenspaß.

Dieses Bild sehe ich noch heute vor meinem geistigen Auge. Ich rieche den satten Geruch der sommerlichen Erde und sehe ein buntes Potpourri aus wunderschönen Wildblumen. Schmetter-linge schaukeln durch die warme Luft, begleitet durch das unablässige leise Brummen der zahllosen Insekten, die alle in diesem Luftraum von unserem Schöpfer Start- Lande und Überflugs-Erlaubnis haben.

Uropa mähte das Gras mit der Sense nur

zweimal im Jahr, wie es damals allgemein üblich war. Das hohe Gras in der Sommersonne verströmte einen unbeschreiblich guten Geruch, den ich als Erwachsene schon vergessen zu haben glaubte, den ich aber nach Jahren sofort beglückt wiedererkannte .

Das mit dem ganz kurz geschnittenen Vorzeige- Rasen wurde erst später modern. Man schaffte motor- betriebene Rasenmäher an um in einem Anfall von Arbeitswut und Ordnungswahn mit lautem Geknatter und Gestank dem natürlichen Wachstum der Gräser ein Ende zu machen .

Dabei dachte keiner daran, das er mit diesem Verhalten langfristig dem Dasein der Insekten und dem kleinen Getier sehr schadet. Und das alles hat auch Auswirkungen auf unser Leben. Weniger Bienen - bedeutet auch weniger Obst. Die ganze Natur gerät aus dem Gleichgewicht.

Aber nicht nur die Ziergartenbesitzer, die im heißen Hochsommer täglich den in englischer Golfplatzart stark zurück geschnittenen Prunk- Rasen mit Trinkwasser wässern müssen, damit er nicht verbrennt, schaden der Umwelt . Besonders die Landwirte, die ihre Produkte unter erheblichem Konkurrenzdruck mit vielen giftigen Düngemitteln produzieren müssen, tun ein Übriges, dem Lebensraum unserer Flora und Fauna erheblich zu schaden.

Heute überlegen wir wieder, ob wir den alten Zustand nicht wieder zumindest teilweise einführen sollten. Es brächte viele Vorteile für uns. Wir gäben der Natur wieder mehr Raum für die atemberaubende Artenvielfalt.
Sowohl Pflanzen als auch die Tierwelt bekämen wieder eine Chance zu überleben in unserer Welt, die immer mehr zu einer künstlichen entartet, voller versiegelter Flächen, mit überdüngten Gewässern, mit Schilder- Wäldern vollgestopft, die Äcker

zur Gewinnmaximierung durchtränkt mit Kunstdünger und überschüssiger Gülle. Nicht mal am Feldrand bleibt kaum Platz für Blumen und Tiere.

Das alles ist im Endeffekt schädlich auch für die Gesundheit von uns Menschen . Wir alpträumen inzwischen von plastik-verseuchten Ozeanen, die uns bald beim Schwimmen im Meer zum Gesund-heitsrisiko werden und Fische, Korallen etc. langsam sterben lassen.

Das abendliche Fernsehen heutzutage, wo neben Produktkaufgelüsten, die die Werbung uns eintrichtert, fast nur aktuelle Probleme wie Klimawechsel und Flücht-lingsprobleme, Auseinandersetzungen der Parteien stundenlang mit wachsender Begeisterung und ohne realistische Ergebnisse zur Abhilfe, verquasselt werden, kann man heute am Besten ganz vergessen. Ich habe mit vielen Bekannten gesprochen, die mir alle das Gleiche gesagt haben: Fernsehen kann man besser lassen !

Zur Entspannung der Psyche folgen dann Life – Op`s, jede Menge Gewalttaten und realistisch wirkende, fein zugerichtete Filmleichen, die direkt aus der Pathologie zu kommen scheinen.

Der Tathergang ist oft so komplex, dass er die volle Aufmerksamkeit verlangt und ich, müde von der Tagesarbeit, es dann doch vorziehe, ein Nickerchen zu machen.

Das viele Blut im Fernsehen hätte Oma noch vor wenigen Jahren gezwungen, ihr Abendbrot wieder von sich zu geben, aber wir sind ja inzwischen sehr abgebrüht und amüsieren uns dabei auch schon fast zu Tode.

Kein Wunder, dass die Psychiatrien Land-auf und Landab hoffnungslos überbelegt sind. Also sei stark und such dir schon vorausschauend einen guten Psychiater, am besten einen, der mit **vier Beinen** fest auf dem Erdboden steht und dir sagt, wo es lang geht.

Häufig geht s im Leben um Jagen und Mäuse aber ein paar Streicheleinheiten und Kuscheln sind doch so wichtig für Seele und Gesundheit !

Anders ausgedrückt : Lass dich von deiner Fellnase therapieren. Sie wird dir zeigen, dass jemand da ist, der dich schätzt und liebt. Während du durch ihr weiches Fell streichst, während sie es sich auf deinem Schoß oder deiner Brust gemütlich gemacht hat, wird sie mit sanftem Schnurren beruhigende Schwingungen aussenden, die dich tiefenentspannen und lockern. Ihr kleiner Körper schenkt dir Wärme und Geborgenheit. Sie wird dich in den Zustand eines Tagträumers versetzen und all die Last des Alltags wird für eine Weile außen vor bleiben. Diese Behandlung sollte öfter wiederholt werden und die

Kosten dafür werden mit deinem Beitrag als Dosenöffner und Trockenfutterspender bargeldlos beglichen.

Überfall und Folgen

Als ich einmal im Garten auf der Schaukel saß, bemerkte ich einen fremden schwarz - weißen Kater, der nach längerem, gegenseitigem anfauchen, knurren und sonstigem Getue, auf unsere Katz stieg ! Pussy unter ihm gab laute, für mich bedrohlich klingende Geräusche von sich und scharrte mit Ihren Pfoten über den Boden. Ich sah unsere Katze von Fremden bedroht und verscheuchte den unbekannten Eindringling durch lautes Schreien und einem Schubs mit meinem Fuß, um ihn von seinem Tun abzuhalten. Was mir letztendlich auch gelang.

Danach fühlte ich mich als stolzer Retter unserer Pussy. Denn meine Freunde und ich waren damals Cowboys, Indianer, Sheriffs, Gangster und Ritter. Ich maß dem Ereignis aber keine weitreichendere Bedeutung zu – wie sollte ich auch in diesem Alter.

Der schon recht betagte Urgroßvater, früher ein Förderturm- Maschinist unserer

Kokerei, hielt eigene Hühner, deren Eier wir uns schmecken ließen. Für sein geliebtes Federvieh stieg der alte Herr täglich schwerfällig von der Wohnung in den Garten, um dort etwas von dem hohen Gras abzuschneiden, es in zwei Zentimeter große Stücke zu portionieren und es dann seinen Hühner - Vögeln vorzusetzen, damit sie in ihrem Pferch keinen Vitaminmangel erleiden. Nach der Inspektion der Nester und sorgfältigem Nachzählen, ob keines von ihnen verloren gegangen sei, trat er wieder den Rückweg an, um anschließend die Tageszeitung in Ruhe zu studieren. Ich habe ihn bei seinem Tun oft begleitet und konnte schon im Kindergartenalter leidlich gut Hühner zählen.

Pussy mochte die dummen Hühner nicht sonderlich und jagte das laut gackernde Federvieh gerne durch den Pferch. Das machte ihr besonders viel Spaß und danach war sie dann immer ganz besonders mit sich und der Welt zufrieden. Stolz aufgerichtet, mit senkrecht nach oben gestelltem Schwanz, trottete sie dann gespielt unschuldig von dannen.

Hätte Uropa gewusst, dass heute Wissenschaftler über vegane Ernährung von Katzen teure universitäre Studien erstellen, bei denen die armen Tiere lange Zeit nicht das Haus verlassen dürfen, er hätte sie sicherlich alle für bekloppt erklärt. Schon die Tatsache, dass plötzlich grüne Damenschuhe gefragt waren, hat er mit den Worten: " Wenn die Welt grüne Schuhe braucht, dann steht uns der nächste Weltkrieg bald bevor ! " kommentiert. Warum Katzen jetzt vegan diäten sollen, bei zusätzlicher Zufuhr von, dann auch unbedingt ganz notwendiger Gabe von Nahrungsergänzungsmitteln, wird dem Katzenfan so erklärt: Die in Fleischprodukten vorhandenen Rückstände von Antibiotika gefährden die Gesundheit der Katzen. Und ob der verantwortungs- volle Mensch überhaupt verantworten könne, dass Menschen Tiere töten, nur um damit andere Tiere zu ernähren (vebu.de /vegane-Katzenernährung) !

Claudia Zeier Kopp vom Verein gegen Tierfutterfabriken kommentiert das Problem folgendermaßen: Seit es die Tierfutterindustrie gibt, erkranken immer mehr Katzen an Krebs. Diabetes ist bei Katzen stark angestiegen und immer mehr Heimtiere leiden an krankhaftem Übergewicht (Zitate aus vebu.de/vegane -Katzenernährung) .
Mir stellt sich aber auch die Frage, wenn es moralisch verwerflich sein soll, Tiere zwecks Ernährung von wem auch immer zu töten, wer bietet dann einer Mäuseplage Einhalt ? Müssen wir dann den Mäusen die Antibabypille verpassen damit wir keine Pest bekommen ? Vielleicht eine weitere vielversprechende Marktnische für die gewinnorientierte Tiernahrungsbranche !

Jeden Abend, pünktlich um sechs Uhr,

schloss meine Oma ihren Schuhladen .
Danach lief sie ums Haus und rief laut und vernehmlich " Pussy komm, Suchele machen " (das hieß so viel wie fressen). Gewöhnlich musste sie nicht lange rufen, Pussy lag längst auf der Lauer und lief dann gespannt wie ein Flitzebogen um die Ecke, durch das Geschäft in die dahinter liegende Küche. Auch Tiere haben eine Art innere Uhr und die funktioniert sehr genau !

Gesellschaftliche und familiäre Bande

Besonders anspruchsvoll war man in der Mitte der fünfziger Jahre m.E. noch nicht. Was das Essen betrifft, war es doch für Mensch und Tier gleichermaßen einfach und bescheiden.

Nach den Hungerjahren, die auch meiner Familie der Krieg und seine Folgen bescherten, war man froh, sich wieder – auch z.B. Dank eigenem Gartenanbau - satt essen zu können und das war, was heute so selbstverständlich für uns ist, damals reiner, oft unbezahlbarer Luxus und es gab auch bestimmte Dinge einfach noch nicht.

Hatte aber einer unserer Familie, und damit meine ich auch die Weitläufigen wie Großtanten, Cousinen zweiten Grades oder der Schwoor (Schwager) vom Schwoor, seinem Unkel, einen runden Geburtstag, wurden wir alle eingeladen ! Denn man wusste hierzulande ordentlich zu feiern ! Wir Kinder stopften uns dann begeistert voll Torte, machten gar ein Wettessen daraus und spielten anschließend draußen Verstecken, ärgerten die kleineren ein wenig, indem wir ihnen vom Schwarzen Mann erzählten, der hinter den Mauer lauerte um sie mitzunehmen. Das alles war ein Riesenspaß, wenn man von den Bauchschmerzen am nächsten Tag absah. Damals dachte ich, die Welt sei voll von wohlwollenden Verwandten und fühlte mich tief geborgen in dieser Gemeinschaft. Tatsächlich ging dieser große Familienkreis auf die Familie meiner Ur-Ur - Großeltern zurück. Sie hatten acht Kinder, vier Söhne und vier Töchter, die sich alle erstaunlich gut verstanden, sich unterstützten und regen Kontakt zueinander pflegten. Das ging so, bis ich erwachsen war.

Einen Sonntagnachmittag ohne Besuch zu bekommen oder selbst jemanden zu besuchen, kannten wir nicht! Katze Pussy war daran gewöhnt und begegnete, wenn sie zufällig im Hause war, den Besuchern recht unterschiedlich. Bestimmte Leute strafte sie einfach mit Nichtbeachtung. Die waren ganz einfach Luft für sie, zu anderen gesellte sie sich aber gerne. Dabei strich sie der Person um die Beine und tat schön. Wir hatten oft den Eindruck, dass sie bewusst eine kleine Showeinlage veranstaltete, um auf sich aufmerksam zu machen. Dann jagte die Mieze durch die Küche, drehte sich um die eigene Achse und versuchte ihren Schwanz zu erhaschen, was aber nie so richtig gelingen wollte. Eine Bekannte meiner Mutter liebte sie aber ganz besonders. Wenn sie sich auf den Stuhl am Tisch setzte, kann das Tier sofort und sprang auf ihren Schoß um sich umgehend ausgiebig streicheln zu lassen und dann zufrieden schnurrend nicht mehr von ihr zu weichen. Was diese ungewöhnliche Freundschaft ausmachte, kann ich nicht sagen. Vielleicht lag es an der Stimme oder dem Parfüm, das sie immer benutzte. Wer kennt schon die geheimen Vorlieben seiner Katze so genau ?

Ernährung und Umgang mit unserer Umwelt

Zarte Häppchen in Gelee, Premium - Lachs in zarter Soße, Pastete mit feiner Pute und Lamm, gab es nicht einmal für uns Menschen. Wir machten im Sommer Obst und Marmelade unter der strengen Aufsicht unserer Pussy in Gläser ein, für den Winter wurden Kartoffeln im Keller gelagert. Tomaten und Salat baute man auf dem eigenen Grundstück an, sofern man denn eines besaß. Leider sind die Böden im Sulzbachtal aber ziemlich unfruchtbar.

Die meisten Grundnahrungsmittel kauften wir in dem kleinen Lebensmittelladen im gegenüberliegenden Haus, beim Bäcker nebenan, dem Metzger 100 m weiter, dem Obst- Gemüsehändler oder im Milchladen auch in der Nähe, wo man halbliterweise, in mitgebrachten Kannen aus Aluminium, die Vollmilch kaufen konnte. Ja, das alles gab es direkt in der Nachbarschaft und man konnte täglich alle Neuigkeiten und

Ereignisse im Ort erfahren, ohne Handy und Internet ! Der aufmerksame Fleischer gab in der Regel noch ein Stück Lyoner Wurst für das Kind mit, oder einen Knochen für Nachbars Dackel on Top ! Die Verpackungen waren ganz bescheiden, ein bisschen Papier zum Einpacken der Wurst oder eine unbeschriftete braune, spitze Papiertüte für die Kartoffeln, keine Plastikverpackungen, kein Einweggeschirr, nichts dergleichen . Für die Milch brachten wir unsere alte, zerbeulte Kanne mit und für das Sauerkraut, frisch vom Fass, oder den sauren Hering, eben eine geeignete Schüssel. Alles andere wurde in gehäkelten Netztaschen oder Einkaufstaschen verstaut. Und man hatte fast täglich soziale Kontakte mit der Nachbarschaft. So brauchten wir für unser Mehrfamilienhaus nur eine einzige kleine Mülltonne. Papier und Pappe verwendete man gerne im eigenen Ofen zum Anbrennen, das Zeitungspapier oder die Seiten alter Bücher wurden als

Toilettenpapier weiter benutzt. Man war eben Weltmeister im Recyclen.

Unsere Taschentücher waren alle samt aus Stoff mit schönen Aufdrucken oder teilweise mit selbst gehäkelter Spitze umrandet.

Selbst einen Komposthaufen hatten wir bereits. Meine Familie war damals schon privilegiert. Unser Klo befand sich im Treppenhaus, nicht separat hinter dem Gebäude im Garten mit Herzchen in der Holztür, wie das damals in Prämien-Häusern so üblich war . Das Klo hatte auch schon eine Wasserspülung und ich teilte es nur mit Urgroßvater, Oma meinen Eltern und Besuchern, nicht mit dem anderen Mietern im Haus, die ein eigenes Klo für sich und ihre 7 Kinder hatten, das allerdings im Erdgeschoss lag. Jeden Morgen sah ich unseren glatzköpfigen Mieter, den Pitt, wie er sorgfältig das Nachtgeschirr seiner Lieben, einen großen Emailleeimer, von den Schlafzimmern im Obergeschoss kommend, über zwei Stockwerke

Treppenhaus, bis ins Erdgeschoss balancierte, um seinen Inhalt da zu entsorgen. Da es, wie gesagt weder Katzenmilch, Katzengras noch Katzenklos und Katzenstreu gab, erledigte Pussy ihr Geschäft meist draußen in der freien Natur . Wenn das aber mal aus technischen - oder Witterungsgründen - nicht machbar war, griff sie auf den Kohlenkasten zurück. Eine tolle Einrichtung, denn er war Energievorratslager, Abfalleimer und Katzenklo in einem. Und der Kohlenstaub verhinderte den Geruch zuverlässiger als das beste Katzenstreu.

Der dazugehörige Ofen war Herd, Heizung, Backofen, Wäschetrockner und insbesondere auch Windeltrockner, Haarföhn, Warmwasserbereiter und Mittelpunkt für lauschige Abende mit und ohne Katze bei geöffneter Herdklappe an kalten Wintertagen, ein Wellness - Event sondergleichen ! Selbst starke Erkältungen mit laufender Nase kurierten wir geduldig über der rotglühenden Herdplatte. Und für die kalten Winternächte im ungeheizten Schlafzimmer, wo bei strenger Kälte sogar der Inhalt des Nachttopfes einfror, füllten wir heißes Wasser vom Ofen in große Bettflaschen aus Zinkblech. Nie vergesse ich, wie ich als Kind dann morgens an der Fensterscheibe die wunderschönen Eisblumen bewunderte, sie mit den Fingern berührte und versuchte, mit meinem warmen Atem ein kleines Guckloch in das Kunstwerk zu machen, um auf die Straße schauen zu können. Aber solche Erscheinungen sind heute dank wärmeisoliertem Glas auch ausgestorben .

Wenn ich dann in die angrenzende Küche kam, brannte da schon lustig ein Feuer im Ofen und das Wasser für den zuvor frisch gemahlenen Kaffee kochte bereits .

Die alten Herde, die in jeder Küche standen, waren ein wahrer Segen und überhaupt der Mittelpunkt jeden Hauses.

Wie schnell das Essen gar wurde, das hing dann von der Menge Kohle, Holz oder Koks ab ,mit der der Ofen bestückt wurde und wo man den Topf auf der Herdplatte platzierte. Auch kam es mitunter vor, dass der Ofen bei bestimmten Wetterlagen nur schlecht in Gang kam, beißenden Rauch ausstieß ,der uns husten ließ. Dann dauerte es mit dem Essen halt etwas länger. Stets war es die Aufgabe meines Urgroßvaters, morgens als erstes den Ofen anzuheizen, nachdem er die silbrige Platte mit einem Stein und Schleifpapier gründlich gewienert hatte. Als Hausherr war er dafür verantwortlich, dass wir es alle warm und gemütlich hatten. War das Essen gar, bekam erst der Mensch etwas. Für die Katze gab es dann die Reste, wir mischten z. B. Fleischreste oder Fisch mit Kartoffeln und Milch oder es gab die im Saarland so beliebte Lyoner Wurst, klein geschnitten mit Gemüse, Nudeln oder Kartoffelpüree, vermischt mit Suppe, Fleischbrühe, Sauce oder, sehr beliebt, auch immer wieder mit Milch. Am beliebtesten aber war für die Feinschmeckerin unser

Sonntagsbraten. Wenn der frei und unbeaufsichtigt auf dem Esstisch gestanden hätte, wäre unsere kleine wahrscheinlich doch zur dreisten Diebin geworden, ohne lange übe die Folgen nachzudenken.

Unsere Pussy jedenfalls, die ganz sicher ihre Speisekarte mit Vögeln Mäusen, Ratten etc. ergänzte, gedieh bei uns prächtig.

Einen Kühlschrank gab es bei uns auch erst nach dem Tag X. Unsere Butter oder die gute Landsieg- Margarine, ein durch und durch saarländisches Produkt, das leider nach dem Anschluss aus dem Handel verschwand, bewahrten wir zur Kühlhaltung in der warmen Jahreszeit in einem Topf voller Wasser auf dem Balkon auf, der sich direkt hinter der Küche befand.

Nicht selten besuchte Pussy auch meine Mutter, die im gleichen Haus neben Urgroßvater und seiner Tochter, mit Mann und Kind ihren eigenen Haushalt führte und erbettelte sich da noch zusätzliche Leckerchen wie Hähnchenfleisch, Leberknödel, Sauerbraten oder ein Ei und ein paar Streicheleinheiten on Top. Der Saarländer liebt eine deftige Küche. Die absoluten Highlights sind neben der geliebten Lyonerwurst, der Bibbelches Bohnensuppe und den heutzutage unverzichtbaren Schwenkern, Dibbelabbes und Gefilde. Steht so etwas auf dem Mittagstisch, so streicht sich der Saarländer zufrieden über den Wambe und sagt augenzwinkernd :" Mir wisse was gudd is ! "

Meine selbst kreierten Puppenkleider probierte ich bei den regelmäßigen Katzenbesuchen an dem geduldigen Haustier aus und band ihr bunte Schleifen um den Hals, was ihr gar nicht gefiel, oder setzte sie in meinen Puppenwagen für einen kleinen Ausflug. War ihr diese Prozedur zu viel, suchte die Ersatzpuppe unversehens mit einem wilden Rettungssprung das Weite. Aber niemals war sie böse, biss oder kratzte mich.

Von Angebranntem und einer besonderen Puppe

Als meine Mutter wegen einer Operation wieder mal stationär einige Tage ins Krankenhaus musste, wurde ich zu der Mutter meines Vaters geschickt. Oma war eine rundliche, gemütliche Frau die sich mit Kindern gut auskannte, da sie ja selbst schon ihre vier großgezogen hatte. Sie kochte gerne und gut. Besonders ihre Schneebällchen - kleine Majoran Klöße - mit Sauerkraut und Kartoffelpüree waren super und kamen regelmäßig an Feiertagen auf den Tisch. Das zog immer ein Wett-essen – wer schafft dieses Mal die meisten - nach sich. Mit Hingabe pflegte Oma ihren schönen Gemüse- und Kräutergarten, aber ihre größte Leidenschaft war das Besuchen der katholischen Stadtkirche. Ob Sterbeamt, Rosenkranz beten oder Gottesdienst, Oma saß immer auf ihrem Platz und ich in dieser Zeit rechts daneben.

Sicher war das für ein Vorschulkind

langweilig, aber was blieb mir übrig? Also hörte ich zu, lernte lateinische Wörter ohne deren Sinn zu begreifen, denn die Liturgie wurde zu dieser Zeit noch in dieser Sprache gelesen. Oma verstand auch kein Latein.

Ich erfuhr von furchtlosen Märtyrern, Löwenkämpfen, treuen Jüngern und untreuen Frauen, von Steinigungen, Büschen die brannten, aber nicht verbrannten, und dem lieben Gott, der seinen Sohn schickte, um Ordnung zu schaffen.

Da Opa zu Hause immer nach der Predigt fragte und Oma sich daran dann überhaupt nicht mehr erinnern konnte, musste ich das Gehörte anschließend noch mal erzählen. Und das tat ich jahrelang mit Begeisterung. Irgendwie muss ich dabei mein Gehirn getunt haben, denn mein Mann wundert sich heute oft darüber, dass ich den Inhalt gelesener, dicker Bücher problemlos mit vielen Einzelheiten repetieren kann !

Da ich die ganze Zeit in der Kirche still

sitzen musste, lernte ich dann auch so etwas wie eiserne Disziplin und Selbstbeherrschung,was für mein weiteres Leben wirklich von Vorteil war.

Auf dem Heimweg durch die Stadt schaute ich mir immer die tollen Auslagen eines Spielwarengeschäftes an. Es gab da Blechspielzeug, tolle Eisenbahnen, Puppenhäuser, Soldaten, Pistolen und Tanzknöpfe, Bälle,Teddys und Kartenspiele zu bewundern. Ich konnte mich davon nur schwer losreißen.

Einmal entdeckte ich im Schaufenster zwei neuartige Puppen . Sie waren keine Babys mehr sondern richtig kleine Teenager, elegant und schlank mit roten geschminkten Lippen. Vielleicht Vorgänger der späteren Baby-Puppen. Eine hatte goldene, die andere silberne Haare. So etwas hatte ich mit meinen 6 Jahren noch nie zuvor gesehen. Und sogleich wusste ich : die musst du haben ! Den ganzen Heimweg über bekniete ich Oma, dass sie mir eine dieser teuren Puppen kaufen sollte. Aber sie ließ sich nicht dazu erweichen.

Als Oma anschließend eilig das Mittagessen zubereitete, ließ sie es wie immer leicht anbrennen, weil sie mit ihren Gedanken noch in der Kirche und bei dem war, was Ihre Mitbesucher (heute nennt man das soziale Medien) sich so erzählt hatten . Das war normal so und Opa kannte das nicht anders. Wenn mir heute der Geruch von Angebranntem in die Nase steigt, ist mir das nicht unangenehm, ich muss nur sofort an meine Oma denken.

Nach dem Essen legte sich die Großmutter erst mal eine Stunde aufs Ohr zum Verdauungsschlaf, wobei ich mich still zu verhalten hatte.

Danach verkündete sie dann ihre Entscheidung :

Du bekommst deine Puppe. Aber du musst mir dann auch etwas versprechen !

Ich sah sie erwartungsvoll an.

Ich möchte , dass du immer lieb bist, dass du alles tust was ich von dir verlange und, dass du mir nie widersprichst.

In meinem Kopf rauchte es. Lange nahm ich mir Zeit um über diesen Deal nachzudenken.

Endlich fragte ich: Wie lange soll ich immer nur lieb sein?

Die Antwort lautete kurz und bündig: Immer!

Nein, dann will ich die Puppe nicht haben. Zu Hause habe ich auch schöne Puppen und eine ganz tolle Katze, erwiderte ich enttäuscht!

Ist die Katze satt und zufrieden, hat sie genug gespielt und getobt, wird sie sich einen gemütlichen, ruhigen Platz suchen, um nach ausgiebiger Toilette ein Schläfchen zu machen. Die Schlafplätze wechselten häufig und es kam oft vor, dass wir die Katze suchten oder sie unerwartet schlafend in unserem Bett, im Kleiderschrank zwischen der frisch gebügelten Wäsche oder im Keller schlaftrunken fanden.

Das Fell putzen ist ihr sehr wichtig. Katzen sind sehr reinliche Tiere. Eine gesunde Katze sorgt auch immer für ein tadellos sauberes und glänzendes Fell, denn jede Art Eigengeruch verrät die Katze beim Anschleichen an ihre Beute.

Beim Putzen macht sie – dank ihres einzigartigen Körperbaues - die tollsten Verrenkungen, als sei ihr Körper aus Gummi. Die Pfote dient als Waschlappen, den sie immer wieder mit ihrer Zunge befeuchtet. So gelangt sie an alle Stellen ihres hoch elastischen Körpers, in dem Knochen und Gelenke nur lose verankert und die Abstände zwischen den einzelnen Wirbeln vergrößert sind. Die beim Putzen in den Magen gelangten Haare würgt sie später wieder als Gewölle hervor.

Für mich war unsere Katze klug und voller unfassbarer Geheimnisse, wie der Sphinx, wenn ich ihr in die schönen gelb - grünen Augen sah . Die Augen der Katzentiere sind auch etwas ganz Besonderes.

Im Gegensatz zu menschlichen Augen reflektieren Katzenaugen im Dunkeln auch noch das schwächste Licht. Das funkelnde gelb - grüne Augenpaar sieht in sonst totaler Dunkelheit ganz gespenstig aus und hat unsere allein lebende Nachbarin einst ordentlich erschreckt, als sie abends die Vorhänge zuziehen wollte und sie plötzlich zwei funkelnde Augen anstarrten. Diese Augen besitzen im hinteren Teil eine Art Spiegelschicht, auch – Leuchttapete - genannt, die die Strahlen bündelt und gleichzeitig zurückwirft. So können die Sehzellen das Licht bei Nacht zweifach nutzen. So sind uns unsere Haustiere besonders nachts - was das Sehen betrifft - sehr überlegen. Das ist für ein nachtaktives Tier aber absolut notwendig und erlaubt ihm erst das Jagen (Wissen.de), warum Katzen auch drei Augenlider zum Schutz haben.
Nicht nur die Augen sind bei Katzen bemerkenswert. Die Samtpfote besitzt auch viele Tasthaare überall im Gesicht, aber auch am restlichen Körper. Z. B. an den

Fußballen und den Hinterbeinen. Sie werden Vibrissen genannt und ermöglichen dem kleinen Tiger, sich auch bei völliger Dunkelheit geschickt um Hindernisse zu bewegen. Aber nicht nur das ist mit den Tasthaaren möglich, nein, das Tier nimmt damit auch kleinste Luftbewegungen, verursacht z.B. von einem Beutetier, auf Entfernung wahr. Über die Fußballen kann sie kleine Erschütterungen im Erdreich wahrnehmen, die z.B. durch das Laufen einer Maus in unterirdischen Gängen verursacht werden.

Erst vor ein paar Tagen trug sich in unserem Haus folgende wahre Geschichte zu :
Ich saß im Wohnzimmer und schnüffelte einen seltsamen Geruch nach An-gebranntem. Beunruhigt ging ich dem nach, kam in die Küche und fand da aber alles in Ordnung. Allerdings stand unser Kaffeegeschirr noch auf dem Tisch. Schnell war dieses in die Spülmaschine geräumt

und die noch brennende Kerze ausgeblasen. Da hatte ich mir wohl was eingebildet. Im Laufe des Tages besuchte uns dann wieder der Kater unserer Nachbarn. Wie so oft schlich er sich durch die offen stehende Terrassentür ins Haus um den Fressnapf seines Freundes zu inspizieren, denn der Schwarze mit der niedlichen weißen Nase ist ein richtig dickes, verfressenes, immer hungriges Monster, das wir aber alle in der Straße ins Herz geschlossen haben. Verstohlen sah er mich von unten an, ich musste über den drolligen Kerl mit dem unschuldigen Ausdruck in den grünen Augen laut lachen und das nicht nur wegen seinem Verhalten! Er sah aus, als käme er direkt vom Frisör! Die Schnurrhaare im Gesicht waren stark gekürzt und zu modischen Korkenzieher - Löckchen gedreht. Nun viel es auch meinem Mann wie Schuppen von den Augen, was sich der kleine Gauner da wieder geleistet hatte, Schnuppern an einer brennenden Kerze! Wir wurden uns aber auch der Tatsache bewusst, dass sein Verhalten ihn und uns in Teufels Küche hätte bringen können. Deshalb löschen wir die Kerzen jetzt immer sofort, wenn wir vom Esstisch aufstehen!

Der Geruchssinn der Katzen soll zwar nicht so gut wie der von Hunden sein, aber immerhin drei mal so gut wie der eines Menschen !
Dazu habe ich neulich auch beobachtet, dass es unschuldige Gastkatzen gibt - oder soll ich sie Mundräuber nennen, - die uns immer wieder unangemeldet besuchen und den Aufbewahrungsort unsere Vorräte an portioniertem Fertigfutter problemlos ausfindig machen. Dann mit Zähnchen und Krallen die Beutel öffnen und sich daran gütlich tun. Erstaunt frage ich mich dann, wie ihnen das wohl dieses Mal gelungen ist. Ich denke, so etwas lernt man als kleiner Streuner auf der Straße wenn man furchtbar Kohldampf hat.

Was unsere Hygiene damals betraf, so war es bei uns Brauch, einmal in der Woche gründlich zu baden. Das übliche, tägliche Wäschen erledigten wir in der Küche am großen Spülbecken. Wir benutzten dazu eine Plastikwaschschüssel, Seife und Waschlappen. Das spielte sich dann im Beisein der anderen Familienmitglieder ab. Wenn ich abends schmutzig vom Spielen auf der Straße oder in den Gärten heim kam, musste ich mich vor dem zu Bett gehen gründlich waschen. Mutter sah mir dabei kritisch zu und konnte sich dabei den schönen Spruch: "Ja, ja, Dreck macht Speck" nicht verkneifen. Ich verstand damals wie heute dieses geflügelte Wort der Mütter und Omas überhaupt nicht und kam erst nach aktuellen Recherchen dahinter, was eigentlich damit gemeint ist. Der Satz ist Ausdruck für die über Generationen gemachte Erfahrung, dass Kinder, deren Immunsystem frühzeitig angemessen gefordert wird, besser gedeihen und als Erwachsene viel besser gegen

Autoimmunerkrankungen, d. h. Asthma und Allergien, gewappnet sind. Es macht also meines Erachtens somit keinen Sinn, unsere Kinder in einer Keim armen Umgebung mit vielen Desinfektionsmitteln und ohne Haustiere aufwachsen zu lassen, wie es heute nun auch wissenschaftliche Studien bestätigen (Wirbel Wind - die andere Elternzeitschrift) .

Unsere Wohnverhältnisse waren noch sehr bescheiden. Wenigstens war die Küche im Winter immer ordentlich beheizt. Die Bergleute wuschen sich täglich am Arbeitsplatz, wenn sie nach getaner Arbeit im Kohlestollen wie Schornsteinfeger aussahen.

Am Samstag holten wir große Zinkwannen vom Keller oder Dachboden herbei, stellten sie in die Wohnküche nahe neben den Herd und füllten Wasser hinein, das zuvor in allerlei Töpfen und Kesseln kochend heiß erhitzt worden war. Hatte das Wasser endlich die richtige Temperatur, so stieg man in die Wanne oder Bütt wie man bei uns sagte, was für Jung und Alt eine herrliche Wohltat war. Die Familienmitglieder badeten im selben Wasser nacheinander, sodass einer immer wieder heißes Wasser vom Herd in die nicht so volle Wanne nachschütten musste.

Die Kinder durften leider nicht allzu toll planschen. Bei einer Überschwemmung hätten die Bewohner im Geschoss darunter, durch die Deckendielen, dann im Extremfall auch noch eine Dusche abgekommen. Da Wasser auch damals schon teuer war, weichten die Mütter in vielen Bergarbeiterfamilien die Schmutzwäsche anschließend in dem benutzten Badewasser ein. So nutzte man der kostbare Nass auf doppelte Weise.
Dazu fällt mir gerade auch noch eine andere Familiengeschichte ein.
Als Kind wunderte ich mich immer über

den Zeigefinger meines Großvaters, den er selbst beim Ergreifen einer Tasse immer abgespreizt hielt. Ich fragte ihn einmal, warum er das tat und erhielt folgende Erklärung :

Es war Samstag und ich war früher als sonst mit meiner Arbeit fertig. Als ich nach Hause kam hatte ich großen Hunger, aber Oma war noch zu sehr damit beschäftigt, ihre vier Kinder zu baden. Da habe ich mir verärgert selbst das Messer gegriffen um mir eine Scheibe von Brotlaib abzuschneiden.

Leider musste bei der Aktion auch die Sehne meines Zeigefingers daran glauben. Der Arzt hat die Wunde zwar wieder zugenäht, aber trotzdem, mein Finger ist seit dem steif.

Meine Familie im Saarland besaß schon sehr früh eine Waschküche mit einem großen, befeuerbaren Waschkessel. Trotzdem waren die großen Waschtage

immer Großkampftage für die Hausfrau und keiner wäre damals auf die Idee gekommen, in diesen Zeiten ein Fitnessstudio zu erfinden! Die Kinder wurden sehr darauf getrimmt, möglichst keine Flecke in die Kleidung zu machen und sie solange wie möglich sauber zu halten (siehe auch Ruß – Probleme). Wenn wir zu Hause eine Arbeit verrichteten, bei der man sich vielleicht schmutzig machen könnte, zogen wir immer eine Schürze über unsere Kleidung, um ja keine Flecken zu hinterlassen. Oma kann ich mir heute gar nicht mehr anders vorstellen. Dazu trug sie die mittlerweile grauen Haare geflochten und zu einem Knoten im Nacken festgesteckt, wie fast alle älteren Frauen damals. In einer langen Hose habe ich meine Großmutter aber nie gesehen .
Über solche Kleidungsstücke für Frauen wäre sie entsetzt gewesen.

Meine Cousine und ihr jüngerer Bruder, die in der Pfalz lebten, mussten bei unseren sonntäglichen Besuchen immer schicke weiße Strumpfhosen tragen. Und regelmäßig blieben die schicken Kleidungsstücke beim spielen nicht strahlend weiß, was für meinen ehrgeizigen Onkel, der sehr versessen auf Show - Effekte war, nach dem Motto wir sind wieder wer, ein absolutes no go war. Wüste cholerische Beschimpfungen und schreiende Kinder waren da an der Sonntagsordnung und verdarben immer gehörig die gute Stimmung. Ich danke dem weisen Erfinder der Blue Jeans, denn er förderte mit dieser Mode auch den Frieden in der Familie.

Kleider wurden damals entweder von einer extra ins Haus bestellten Schneiderin mit der hauseigenen Nähmaschine gefertigt oder die Familienmitglieder versuchten sich selbst in der Kunst der Kleiderfertigung. So nähte mein Vater höchstpersönlich ganz passable, bunte Schürzen für seine kleine

Tochter, die übrigens auch in der Schule beim Unterricht getragen wurden. Selbst genähte Kleidung hatte immer dicke Säume. Bei bedarf, das heißt, wenn der oder die Besitzerin größer oder dicker oder beides zugleich geworden war, trennte man den Saum auf und machte das gute Stück länger oder breiter. So konnte das Kleidungsstück oft über Jahre getragen werden. War die maximal mögliche Länge immer noch zu kurz, blieb immer noch die Option, eine Borte anzunähen. Ich erinnere mich auch gut an die Tatsache, dass die Wolle von ausgedienten Stricksachen, z. B. an den Ellenbogen durchgescheuerten Jacken aufgezogen, säuberlich zu Kugeln aufgewickelt und dann wieder zu neuen Strickwaren verarbeitet wurden. Das war dann so die Hausarbeit der Omas zwischen Abendessen und dem zu Bett gehen. Wobei man sich dann gerne ganz entspannt über das Tagesgeschehen unterhielt. Leider hat wieder verwertete Wolle den Nachteil, dass sie erbärmlich auf empfindlicher

Kinderhaut kratzt. Es war für mich oft die Hölle.

Auch außerhalb der Großwaschtage wurden immer wieder einzelne Wäschestücke zwischendurch in einer kleinen Wanne von Hand mit Holzwaschbrettern gereinigt. Waschbretter werden meines Wissens noch heute gerne in Amerika von Musikern als Instrument zweckentfremdet. Ansonsten findet man sie heute, Gott sei Dank, höchstens noch auf Dachböden und in Museen oder auf Flohmärkten.

Aus Amerika schwappte schon Anfang der 50-er Jahre eine tolle, mitreißende Musik, verbreitet durch Radio ABC und BBC zu uns herüber.

Die Jugend verkroch sich hinter den alten Volksempfängern und hörte, zum Entsetzen ihrer verstörten Eltern, Negermusik und Jazz.

Die Teenagerin - Tochter unseres Mieters - war stolze Besitzerin eines Plattenspielers und berieselte uns damit zum Verdruss meines Vaters oft stundenlang mit lauter, für meine Familie total fremdartiger Musik, die besonders mein Vater überhaupt nicht als solche durchgehen ließ. Ich aber war begeistert. So bekam ich die neue Musik direkt ins Ohr - dank der schlechten Schalldämmung unseres Hauses - und das hat auch mich damals schon geprägt, was meinen heutigen Geschmack betrifft.

In Puncto Musikgeschmack ging eine tiefe Spaltung durch die Nachkriegsgeneration . Und das Leben wurde den jungen Menschen damals in dieser Beziehung wirklich schwer gemacht.

Petticoats wurden in und ganz mutige Frauen kleideten sich sogar in Hosen.

War das nicht im nach hinein eine tolle Zeit mit Blues und Rock` n Roll, Elvis, Peter Kraus und Conny Froboes. Als die Beatles in den 60ern bekannt wurden mit neuartiger Musik, ausgefallenem Outfit, besonders mit langen Haaren, war das eine kleine Revolution. Ein Aufstand der Jugend gegen die Spießer. Aber wer regt sich heute noch über etwas längere Haare oder gar über rasierte Glatzen auf ? Heute hat man sich sogar an rockende Äbte, wie z. B. den ehemaligen Abt Primas der Benediktiner Notker Wolf, gewöhnt, der früher sogar im Flieger mit seiner Gitarre zu üben pflegte. Körper - Tätoos, einst das Markenzeichen von Seeleuten und Knasties, sind heute modern, der letzte Schrei, schon fast ein Muss in der Society, ein Garant für Ansehen und Akzeptanz. Und sie werden heutzutage an allen möglichen und unmöglichen Körperstellen getragen. Wir sind viel toleranter geworden. Hatten auch nicht schon die alten Ägypter rasierte Glatzen, so wie der hochverehrte Mozart einen Pferdeschwanz trug? Die im ewigen Gletschereis 1991 gefundene Mumie von Ötzi, rund 5300 Jahre alt, lieferte uns den Beweis, dass es schon in der Steinzeit üblich war, wahrscheinlich aus therapeutischen Gründen, Körper -Tätoos zu tragen.

Die Folgen

Eines Tages stellten wir fest, dass unsere Katze jetzt kein kleines, zartes, feengleiches Wesen mehr war, das wie eine Feder über Stock und Stein hüpfte. Sie wurde zusehends runder. Wollte ich unserem bettelnden Liebling verstohlen noch ein Extrahäppchen Lyoner Wurst zustecken, hieß es von Oma kritisch: " Lass das, die ist so fett, die könnte man ja glatt schlachten. "

Solche Art Reden haben mich tief bewegt und sich in mein kindliches Denken und meine Phantasie eingeprägt.
Als eines Tages meine jung verheiratete Tante Erika mit ihrem frisch angetrauten Onkel Hermann zu Besuch bei uns vorbei kam und ich mir die Tante genauer ansah, als die sich das dritte Stück Kuchen auf ihren Teller lud, war es dann auch kein Wunder, dass ich ihr mit kindlicher Naivität unvermittelt mitteilte: " Du bist so fett

geworden, dich könnte man ja auch schlachten ." Darauf folgte lange, peinliche Stille.

Ja, es war so wie der Leser jetzt vermutet. Katze und Tante waren schwanger!

Unsere Pussy war tagelang auf Abwegen gewesen und das waren die unabwendbaren Folgen, die damals auch die Frauen noch unabwendbar tragen mussten. Wie es schon in der Heiligen Bibel steht : du wirst unter Schmerzen gebären...........

Im Spätmittelalter gab es ja eine Zeit, da hat man Katzen systematisch verfolgt und fast ausgerottet, weil man sie für sündige, unkeusche Wesen hielt, wegen ihrer vielen leidenschaftlichen Liebesaffären. Katzen wurden für das damalige Christentum zur Verkörperung der Wollust. Mit Papst Innozenz VIII erreichte im Jahre 1484 durch den Erlass - Summis desiderantes affectibus- die grausame Verfolgung (www.celticgarden , Katzenliebhaber und Katzenhasser im Mittelalter) von Hexen und Katzen gleichermaßen ihren Höhepunkt. Ganz am gesunden Menschenverstand der damaligen Zeit lässt mich auch die Tatsache zweifeln, dass Katzen höchstpersönlich vor Gericht der Prozess gemacht wurde und die Tiere – auch andere Haustiere - gemäß dem Gerichtsurteil öffentlich hingerichtet wurden. Tötung und Quälerei galt sogar damals als eine Art Volksbelustigung (www.geschichteinchronologie). Als Folge soll dann prompt die Pest unter den Menschen gewütet haben, weil nun die Mäuse sich ohne Katzen hemmungslos vermehrten.

Heute geht es den Einwohnern in Deutschland erheblich besser. Damals wurden Tiere nicht kastriert oder sterilisiert und die Pille für Frauen war auch noch gar nicht erfunden.

Politische Verhältnisse

Ich vermute, dass der interessierte Katzenliebhaber von heute nicht unbedingt in unserer saarländischen Nachkriegsgeschichte so bewandert ist wie ich, die das alles noch als Kind selbst miterlebt hat.

Schon ab 1947 – hier noch vor meiner Geburt 1950 - war das Saarland ein teilautonomer Staat mit parlamentarischem Regierungssystem. Wirtschaftlich angeschlossen an Frankreich, ging es uns, was die Versorgung mit Lebensmitteln anging, besser als denen im übrigen " Reich", wie man damals sagte. Die innere Autonomie war aber sehr eingeschränkt. Zankapfel waren wieder mal die reichen Kohlegruben und die metallverarbeitende Industrie.

Mein Großvater, der als Techniker bereits 1933 auf der Altenwalder Kokerei arbeitete, hat damals in stummem Protest, nachts die deutsche Flagge auf einem der Kokereischornsteine gehisst, zum stillen Vergnügen der Dorfbewohner und zum Ärger der Franzosen, die den Täter nicht finden konnten. Anlass zu dieser Tat war der Übergang der Saar – Gruben nach verlorenem 1. Weltkrieg, durch einseitige Erklärung ins Eigentum der französischen Regierung .

Am 15.07.1948 wurde dann die eigene saarländische Staatsangehörigkeit gebildet " Sarrois " genannt, die zwar von den Franzosen, jedoch nicht international anerkannt wurde. (Quelle: saarnostalgie.de/ Geschichte).

Auch meine Mutter hatte einen saarländischen Pass, mein Vater, als Pfälzer aus dem 35 km entfernten Zweibrücken, hatte die Staatsangehörigkeit der im Mai 1949 gegründeten Bundesrepublik Deutschland. Unsere Fellnase war unumstritten eine Saarländerin. Als ich einmal Oma fragte woher die Pussy eigentlich käme, vorher hatte meines Wissens die Familie im Krieg einen Schäferhund, sagte sie nur : " Isch wäs aa nid, uf änwool war die kleen Katzz änfach do." Dabei schaute sie bedeutungsvoll in Richtung Schlammberg, der sich direkt hinter unserem Garten erhob und von der Kokerei nebst Eisenbahnlinie gekrönt wurde.

Welche Nationalität ich damals hatte, als ich 1950 das Licht der Welt in einem saarbrücker Landkreis erblickte, ist mir, ehrlich gesagt, etwas schleierhaft.

In Deutschland war die Staatsangehörigkeit die des Kindsvaters, in Frankreich die der Mutter maßgeblich, ganz zu schweigen von der Rechtslage im teilautonomen Saarland. Viele im restlichen Deutschland meinten, wir seien Franzosen gewesen. Das stimmte so sicher nicht, wir haben uns auch immer als deutsche gefühlt und später auch erreicht, was wir uns wünschten.

Wegen seiner deutschen Staatsangehörigkeit hat in den fünfziger Jahren mein Vater seine Anstellung bei der saarländischen Regierung verloren, man wollte dort keine Ausländer!

Noch in den letzten Kriegstagen 1945 , direkt von der Schulbank weg, wurde Vater 20 - jährig als deutscher Soldat zum Kriegsdienst eingezogen! Nach Kriegsende konnte er als gesunder und glücklicher Kriegsheimkehrer ein Notabitur machen, um dann unter schwierigsten Umständen – sein Elternhaus in der Pfalz war total zerstört und seine Familie konnte ihn überhaupt nicht unterstützen - sein Architekturstudium in Karlsruhe zu absolvieren. Die einzige Unterstützung, die er damals erhielt, kam aus dem Saarland!

Von der Familie seiner Verlobten, meiner Mutter!

Meine Eltern hatten sich bereits sehr früh kennengelernt. Vater war 16 und meine

Mutter gerade mal 11 Jahre alt. Diese Freundschaft, die sich zunächst lange Zeit auf brieflichen Kontakt beschränkte, führte letztlich zur Ehe. Schon nach dem ersten Zusammentreffen hat mein Vater seinem damaligen Freund erklärt, er würde dieses Mädchen später heiraten. Er war ein sehr entschlossener junger Mann, der genau wusste, was er wollte. Und einen halb-verhungerten deutschen Soldaten, der die Familie seiner Freundin besuchte, konnte man schlecht abweisen. Als späterer Student, in der vorlesungsfreien Zeit, hatte er dann nur noch das Ziel, mit seinem alten Fahrrad von Zweibrücken 35 km ins Sulzbachtal zu fahren. Er war nach den Erzählungen meiner Mutter halbverhungert und besaß nur eine einzige Hose und die war auch noch kurz, als er sie so mitten im Winter besuchte.

Dank der Tatsache, dass man im Saarland in relativ guter Position war durch Schuh-geschäft und Arbeit auf der Kokerei, auch den Krieg und die ersten Jahre danach besser überstanden hatte, z. B. wurde unser Haus nicht durch Bomben zerstört, konnte man einen armen Kerl nicht abweisen. Er war dann wochenlang zu Gast, wurde mit Suppe und Lyoner liebevoll aufgepäppelt und hat sich zum Dank dafür im Haushalt und Geschäft nützlich gemacht.

Wenn er dann wieder nach Karlsruhe musste, bekam er noch ein Paar Schuhe geschenkt, die er auf dem Schwarzmarkt tauschte um Studiengebühr, Miete und Lebensunterhalt notdürftig zu bestreiten. Auch mussten die Studenten all die Trümmer aus den vielen Ruinen beseitigen helfen, um überhaupt studieren zu dürfen. Auf der Studentenbude gab es keine Heizung. Wollte man sich etwas aufwärmen, so legte man eine Glühbirne ins Bett um nicht zu erfrieren.. Eine schwere Zeit! Dennoch, als zukünftiger Architekt rechnete sich mein Vater gute Zukunftschancen in dem ausgebombten Land aus und er sollte damit auch Recht behalten. Im November 1949 wurde geheiratet. Auch das war zu dieser Zeit nicht ganz einfach. Ein Teil meiner Familie lebte ja wie bekannt im " Reich", das zu dieser Zeit zur französischen Besatzungszone gehörte, die andere im Saarland. Dazwischen war die Grenze und die durften meine Großeltern, Tanten , Onkel und auch die Urgroßeltern nur mit ausdrücklicher Genehmigung und aus wichtigem Grunde passieren. Heirat war in den Augen der zuständigen Behörde kein wichtiger Grund. So verlegte man dann den glücklichsten Tag im Leben des jungen Paares auf den Totensonntag, weil es zum Besuch der Gräber von toten Angehörigen, die für uns in Wirklichkeit dort gar nicht existierten, Passierscheine gab! Das Mitnehmen von Pelznasen oder anderen Haustieren war meines Wissens überhaupt nicht möglich! Es hätte passieren können, dass diese Tierchen im günstigsten Falle inhaftiert worden wären !

Die große Abstimmung, der Weg der Saarländer 1955

Im Saarland kochte es immer mehr unterm Volk. Opposition gegen die offizielle Regierung unter Johannes Hoffmann und ihre frankreichfreundliche Politik gab es schon lange im Lande. Sie war aber illegitim, da gesetzlich verboten. Viele deutschfreundliche Saarländer, die durch keine entsprechende Partei vertreten werden durften, da die ja verboten war, haben ihre Stimmzettel weiß abgegeben, als Protest gegen die separatistische und frankophile Einstellung der Saarregierung. Schon lange vor der großen Volksbefragung an 23.Oktober 1955 gab es in den Familien unendliche heiße Diskussionen, wie es mit dem Saarland nun weitergehen sollte. Ein Teil meiner Angehörigen, die Familie meines Vaters, wohnte 35 km entfernt im „Reich", in einer Kleinstadt im heutigen Rheinland Pfalz. Wollten wir Oma und Opa besuchen, was wir fast jedes Wochenende taten, mussten wir über eine Grenze bei Einöd, die von Franzosen und Deutschen Zöllnern kontrolliert wurde.Immer gab es da riesige Staus vor den Schlagbäumen und bei den Kontrollen, die oft mit Leibesvisitationen verbunden waren, Ärger, weil so viel geschmuggelt wurde. Verdruss und Frust waren die Folge, wenn man bedenkt, dass das Volk zu dieser Zeit eigentlich bettelarm war und viele noch nicht mal einen warmen Wintermantel besaßen. Organisierte man sich von der anderen Seite warme, gebrauchte Winterkleidung, war man gleich ein Schmuggler. Meine Tante Frieda kam eines Tages vom Verwandtenbesuch in der Pfalz nur mit einem dünnen Stoffkleid zurück. Ihr Wintermantel, den man fälschlicher Weise bei der Grenzkontrolle für ein Mitbringsel aus dem Reich gehalten hatte, musste sie im Gewahrsam der französischen Zöllner lassen.Schon allein deshalb sehnten wir einen Wiederanschluss an Deutschland herbei.Viele Stunden saß meine saarländische Familie, bestehend aus Urgroßvater , Oma und meinen Eltern und der Katze vor dem alten Volksempfänger, einem, wie ich heute im Internet recherchiert habe, Meisterfunk Comedia 516 Röhrengerät aus saarländischer Produktion, das später nach dem Tage X durch ein schickes Kofferradio ersetzt wurde, und lauschten den Reden der Politiker. Es war dann auch im Gespräch, das unsere Heimat ein eigenständiges, europäisches Land unter Beibehaltung der französisch - saarländischen Wirtschafts- und Währungsunion werden sollte (Europäisches Saarstatut). Ein entfernter Verwandter, Schuldirektor einer Volksschule, setzte sich für die Annahme des Saarstatuts ein, versprach er sich doch dadurch erheblich finanzielle Vorteile für die Heimat, Vorteile, die das besiegte und zerstörte Deutschland zu diesem Zeitpunkt nicht bieten konnte.Meine Familie hat ihn nur verständnislos angesehen.

An die Zeit vor der großen Volksbefragung kann ich mich nur ganz dunkel erinnern. Ich war da noch viel zu klein. Hauptsächlich Stimmungen und Spannungen sind mir im Gedächtnis hängen geblieben und die späteren Erzählungen der Familie.

Die Erinnerung an das warme, weiche Tier, das uns abends oft Gesellschaft leistete, mir schnurrend und kuschelnd Trost spendete, wenn es nötig war, und sich für meine ersten krakeligen Zeichnungen von Katzen interessierte, ja oft auch pfotenkräftig mittun wollte, ist bis heute präsent.

Als endlich der Tag der Volksbefragung da war, das war der 23. Oktober 1955, und abends die Wahllokale geschlossen wurden, war das alte Radio das wichtigste überhaupt im Haus. Auf volle Lautstärke aufgedreht, da mein Ur-Opa schon recht schwerhörig war, eng umlagert von den Hausbewohnern und auch den Mietern, die in der Wohnung über uns wohnten und sich an diesem so lange herbeigesehnten Tag mit uns zusammentaten, lauschten wir den

Auszählungs- Zwischenrechnungen der einzelnen saarländischen Gemeinden mit glühenden Wangen. Damals gab es noch keine Hochrechnungen wie heute, wo schon nach kurzer Zeit recht realistische Ergebnisse präsentiert werden. Nein, es war richtig spannend ! Vor Erwartung zitternd hörten wie dem Rundfunksprecher zu. Mein Vater saß da angespannt mit Papier und Dauerschreiber, um die einzelnen Auszählungs- Ergebnisse aus den vielen kleinen Dörfern und Kreisen aufzuschreiben, Zahlen zu addieren und sich seine eigenen Trends zusammen zu-reimen. Von Zeit zu Zeit pfiff er durch die Zähne und ließ immer öfter ein zufriedenes *Jawohl* hören. Das ging so die ganze Nacht, keiner dachte da an Schlafen. Nur die Katze sah uns verständnislos an , ihre Welt sah ja ganz anders aus. Und ihre großen, rätselhaften Augen, schauten uns philosophisch forschend an, bevor sie sich zusammenrollte, um uns damit verstehen zu geben "macht mal, morgen sehen wir weiter." Höhere Politik interessierte sie nur insoweit, als sie von der gutgelaunten Zuhörerschaft mehr Wurst zugesteckt bekam, als an anderen Abenden. So ähnlich wie unsere Katze hat es ja auch der kluge Konrad Adenauer gemacht, der sich stets die Wahlergebnisse erst am nächsten Morgen mitteilen lies, nachdem er gründlich ausgeschlafen hatte. Es kommt halt wie es kommt, und man konnte jetzt sowieso nichts mehr ändern, also Gute Nacht ! Wir jubelten, als endlich zuverlässige Ergebnisse mit eindeutigem Votum, d. h. Wahlbeteiligung 97,6% und davon 67,7% für die Ablehnung des Saarstatuts, bekannt wurden. Überschwänglich und ausgelassen mit Bier, Lyoner Wurst scharfem Senf und Weckchen wurde gefeiert! Dann verschwand einer nach dem anderen – wie schon unser Stubentiger zuvor - in den Federn, denn die unheimliche Anspannung machte jetzt einer tiefen Entspannung und Erschöpfung Platz.

Kinderzimmer in der Öffentlichkeit

Als ich die erste Klasse der lokalen evangelischen Grundschule besuchte, es muss im Herbst 1957 oder in den ersten Monaten des Jahres 1958 gewesen sein, wurde ich irgendwann tief in der Nacht von einem lauten erbärmlich lang gezogenen Schrei aufgeweckt. Was war das nur? Die Stille danach ist noch unheimlicher, ich lausche in die Dunkelheit, kann aber nichts ungewöhnliches ausmachen. Die Möbel um mich herum im Wohnzimmer, denn da steht meine Schlafcouch, werfen lange Schatten wie immer, verursacht durch das spärliche Licht, das durch Klappläden dringt. Sonst ist bis auf das laute, regelmäßige Schnarchen meines Vaters, das aus dem Nebenzimmer dringt, alles totenstill. Ich war kein besonders ängstliches Kind und so schlafe ist schnell wieder ein und träume vom Versteck spielen in Omas Schuhladen. Am folgenden Morgen kündigt sich ein wunderschönen Tag an . Ich verschlinge schnell einen halben Weck mit selbstgemachter Johannisbeer - Marmelade, spüle den Milch - Muckefuck-Kaffee herunter und schaue sehnsüchtig zum Sandkasten im Garten, wo ich hoffe, gleich meinen Freund Johann zu treffen. Wir sind Baumeister, Maurer, Steinmetze und Burgherren und müssen eiligst eine neue Burg mit Wassergraben und Zugbrücke bauen, um den feindlichen Rittern von der anderen Straßenseite zu trotzen. Aber da kommt meine Oma in ihrer unvermeintlichen Kittelschürze ganz außer Atem in die Küche gerannt und sagt: " Hann ihr heit Nacht ach das laude Geschrei geheert. Ich bin heit Moorje dorsch alle Zimmer gucke gang, un jetzt sollt ihr mo seen, was ich gefunn hann." Neugierig laufen meine Mutter und ich hinter der Oma die Treppe runter, durch ihre Küche in den Schuhladen. Geheimnisvoll zeigt sie auf ein altes, etwas abseits stehendes offenes

Holzregal, das oben etwa 30 cm breit ist sich aber nach unten verbreitert auf 60 cm und einen nach oben offenen Kasten bildet. Darin liegen immer alte Lappen, einzelne Schuheinlagen und anderer Krimskrams, der schon lange nicht mehr gebraucht wurde. Weil Oma Klärchen genau da unverwandt stehen bleibt und rein guckt, sehen auch wir genauer hin. Und was entdecken wir da im Halbdunkel, an das sich unsere Augen erst langsam gewöhnen ? Da liegt eine über stolze Katzenmutter und präsentiert uns ihre neue Familie! Sie besteht neben ihr aus drei winzig kleinen Kätzchen, nicht größer als Mäuschen, die zufrieden an ihren prallen Brustwarzen saugen. Eines ist, soweit wir es überhaupt ausmachen können, getigert wie die Mutter, eines ist fast ganz schwarz mit weißem Stern auf der kleinen Stirn und weißen Pfötchen und eins ist rot weiß getigert. Sie sind noch alle blind. Ihre Augen werden sich erst in ein paar Tagen öffnen und sie können auch noch nicht laufen, das einzige

was sie wollen ist schlafen und Milch
trinken. Was sich aber in ein paar Wochen
schnell ändern wird.

Vorerst schauen und staunen wir, streicheln
unserer Pussy vorsichtig über das
Köpfchen, loben sie für den gelungenen
Nachwuchs und schleichen leise davon,
nicht ohne der Katze noch ein frisches
Schälchen Milch und ein gekleppertes Ei
hinzustellen.
Gut, dass es nur drei Junge sind, sagt meine
Mutter. Die lassen sich sicher an unsere
Schuhkunden vermitteln, wenn sie größer
sind. Wenn die Katze es zulässt, stellen wir
die kleinen in einem großen Schuhkarton
neben den warmen Ofen. Da haben es die
Kätzchen immer schön warm und
gemütlich. Denn die Pussy wird bestimmt
nach ein paar Tagen auch mal raus wollen
und wir passen dann auf ihre Kinder auf.
In der Folgezeit siedelten wir unsere Katze
samt Nachwuchs vom Laden in Omas

Küche um. Pussy hatte nichts dagegen und nach einigen Tagen intensiver Pflege und Säugens, wurde sie aber immer unruhiger und ungeduldiger mit ihren Kindern. Die entwickelten sich trotzdem zusehends gut. Meine Schulfreundinnen, die nach Unterrichtsende gerne mit mir nach Hause kamen, um die süßen kleinen zu besuchen, beobachteten, dass sich die bis dahin geschlossenen Augenlider des kräftigsten und mutigsten Kätzchens, dem kleinen rot-weißen Kater, etwa nach 6 Tagen, immer mehr öffneten. Der kleine Rote, vorerst noch namenlose, untersuchte die Ränder des Schuhkartons und machte auch bald Anstalten auf tapsige Art, in Abwesenheit seiner Mutter, dieses Hindernis zu überwinden. Die Kätzchen untersuchten in der Folgezeit mehr und mehr ihre unmittelbare Umgebung, indem sie sich auf dem Bauch kriechend mühsam fortbewegten und sich dabei auch über-kugelten, beim Versuch, über die Geschwister hinweg zu krabbeln, von der einen Ecke in die andere. Dennoch war der Kartonrand ein unüberwindliches Hindernis. Das zu beobachten war hier viel besser als Kinderstunde im Fernsehen. 1958 hat mein Vater das erste Schwarz-Weiß- Gerät gekauft. Es gab nur einen Sender und die Sendezeiten waren auch noch sehr eingeschränkt. Als Kinderprogramm gab es nur die Tierserien Lassie und Fury . Ich aber konnte meine drei Lieblinge davon gelöst stundenlang beobachten, ohne mich zu langweilen.

Pussys Zeiten der Abwesenheit wurden nun zusehends länger. Ihre Kinder schliefen nicht mehr so viel und warteten dann kläglich maunzend auf die Rückkehr der Mama. Die wurde zusehends genervter. Sie ließ sich auf einmal alle Zeit der Welt mit der Rückkehr zum Säugen. War sie schon wieder rollig oder was? Eine Katze ist 9 Wochen schwanger und kann schon wenige Wochen nach dem Wurf wieder paarungsbereit werden. Meine Mutter sah sich die Sache zwei , drei Tage an und fand dann, dass Pussy keine gute Mutter mehr wäre. Ihre Jungen schreien jämmerlich vor Hunger und sie lässt sich von Tag zu Tag mehr Zeit. So geht das nicht! Die verhungern am Ende noch, denn sie sind noch nicht so weit selbständig, um selbst zu fressen. Am nächsten Tag, als unsere Katzenmutter wieder mal seit geraumer Zeit auf sich warten ließ, suchten wir unter meinen Spielsachen eine kleine Puppenbaby- Milchflasche, reinigten sie und füllten sie mit lauwarmer Milch. Die ersten Versuche waren schwer und nicht sehr effektiv.

Alles war ja für die Winzlinge total fremd es roch und schmeckte ganz anders . Die meiste Milch ging voll daneben. Doch mit unendlich viel Geduld und Geschick lernten beide Seiten die Sache zu managen, wie man es heute ausdrücken würde. Auch wenn die Minitiger mit ihren inzwischen durchgebrochenen Minizähnchen den

Gummisauger der Babypuppenflasche regelmäßig zerbissen.

Unsere ganze Aufmerksamkeit widmeten wir naturgemäß der Versorgung der kleinen noch ganz hilflosen Wesen, die nun vollständig von uns abhängig waren. Und die waren in unseren Augen ganz unwiderstehlich.

Pussy war sicher überrascht, als sie sich dann endlich an Ihre Pflichten erinnerte.

Ich will ja Tieren nicht zu viele menschliche Gefühle unterstellen, da uns u.a. eine gemeinsame, verbale Sprache fehlt, können wir nur mutmaßen, ob oder was sie so denken. Mir jedenfalls scheint es so, als würde sich die tierische Gefühlswelt gar nicht so sehr von der menschlichen unterscheiden!

Bei all dem Bestreben, es den Winzlingen so gut wie nur möglich ergehen zu lassen, haben wir die Mutter ganz übersehen.

Vielleicht hatte sie ja wirklich ein schlechtes Gewissen, vielleicht war der Ruf der Freiheit, der Jagdtrieb, zu stark in ihr. Vielleicht war sie von rasender Eifersucht geplagt. Wir wissen es nicht . Aber ihre Gefühlswelt muss bei all den Geschehnissen total durcheinander geraten sein.

Während wir an den Kleinen die Mutterrolle übernommen hatten, lag Pussy auf einem Stuhl, der unter den Esstisch geschoben war, ganz versteckt und schaute unserem Treiben mit glühenden Augen zu. Zuerst bekamen wir das gar nicht so mit, bis uns lautes Knurren, wie von einem Hund, auf unsere Katze aufmerksam machte.

Erschrocken sahen wir in die Richtung der Geräusche. Aber wir wussten auch nicht, was wir tun sollten. Die nächsten Tage behielt die Rabenmutter ihre drohende Position bei, duldete aber dennoch unser Tun an ihren Kindern. Sie selbst blieb jetzt meist in der Küche und beobachtete uns . Sie nahm kein Fressen mehr zu sich und ließ auch keinen an sich ran.

Als es mal wieder Zeit zum füttern war , inzwischen hatten uns die kleinen voll als

Ersatzmutter angenommen, war die Situation sehr gespannt. Ich kam mit dem kleinen Fläschchen, um den Jungen wieder die lebensnotwendige Milch einzuflößen, denn bei meiner Mutter fauchte und knurrte unsere Pussy noch bedrohlicher als bei mir. Als ich mir eines der Kätzchen greifen wollte, sprang die große Katze plötzlich von ihrem Stuhl und stellte sich mir drohend in den Weg. Aus Angst ließ ich die Flasche fallen und sah ratlos von der Pulle zur Katze. .Nach ein paar Sekunden nahm ich all meinen Mut zusammen und griff einer spontanen Eingebung folgend nach dem, was mir runter gefallen war. Im gleichen Augenblick stürzte sich die verhinderte Mutter auf das Fläschchen. Jetzt begriff ich erstaunt die Situation. Vorsichtig hielt ich ihr die Flasche hin und gierig saugte und biss die große Katze auf dem Milchsauger herum. Es war wirklich zum Lachen, wenn ich in diesem Augenblick nicht so baff gewesen wäre. Nach dieser Erkenntnis bekamen die Kitten und die große Pussy die Milch aus der Puppenbaby - Flasche und es war wieder Ruhe.

Man arrangierte sich, bis die Kätzchen alt genug waren, für sich selbst zu sorgen und in gute, da auch bekannte Hände vermittelt werden zu können.

Danach kehrte wieder der Alltag bei uns ein und alles lief wieder genau so wie vorher.

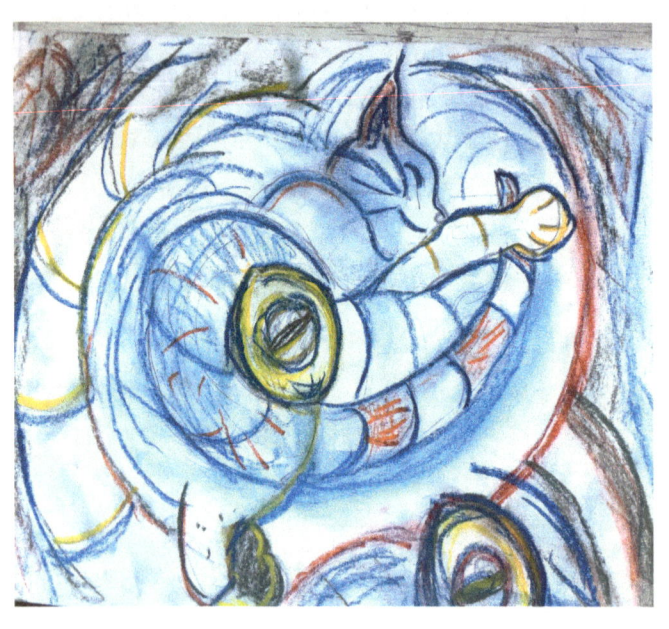

Der misslungene Schuhkauf

Pussy war, wenn ich mich recht erinnere, nicht nur eine unzuverlässige junge Mutter, sondern auch eine recht ungeduldige Vertreterin ihren Gattung Hauskatze. War abends nach Ladenschluss nicht sofort das Fressen im Napf, machte das Tier durch lautes Maunzen und herumgerenne deutlich auf die Missstände im Hause aufmerksam.
Ganz besonders krass entartete die Sache an einem Samstag- Abend kurz vor Weihnachten. Es gab damals noch kein langes Wochenende und so bediente Oma noch eine ältere, sehr unentschlossene Kundin, als es schon lange draußen dunkel und ungemütlich war. Die ließ sich jede Menge Zeit, verlangte erst nach schwarzen, dann nach braunen Schuhen mit hohem, dann doch wieder lieber mit flachem Absatz und so weiter und so fort. Dabei erzählte sie ausführlich von ihrer näheren und weiteren Familie, ihren Enkeln und Neffen, ihren Schwiegertöchtern und ihrem Schwoar

(hochdeutsch Schwager) und dessen Onkel. Die Katze schaute schon eine ganze Weile zu und wurde dabei immer ungehaltener. Immer wieder lief sie Richtung Küche, wo der Fressnapf stand, blieb stehen und blickte erwartungsvoll zu ihre Besitzerin, was heißt hier Besitzerin, Katzen haben ja bekanntlich Diener und Dienerinnen, aber Oma war so beschäftigt, dass sie das Betteln scheinbar gar nicht wahrnahm.

Unsere katholische Kirchenuhr zur rechten schlug schon viertel nach sechs und es passierte nichts! Genauso, als die evangelische Turmuhr zur linken mit einminütiger Verspätung schlug, wie das bei uns schon seit ewigen Zeiten war. Auch beim Läuten 30 Minuten nach 18 Uhr, also längst Ladenschluss, war nichts passiert !

Nach den verschiedenen Farben wurden nun Schuhe der Lederarten Schlangen-, Lack- und Rauh- und Glattleder ausprobiert. Pussy wetzte verzweifelt ihre Krallen an der Küchentür. Dann schlugen die beiden

Uhren viertel vor sieben ! Die Kundin testete nun auch noch Omas Pantoffel, beige und graue, schwarze und braune mit oder ohne Schleifchen. Dabei informierte sie Oma dann ausführlich über ihre launische Nachbarschaft in der Schulstraße. Die gestresste Verkäuferin seufzte hörbar, ging zum anderen Schuhregal und stieg ergeben auf die Leiter um noch mehr herbei zu schleppen. In diesem Augenblick muss unser geplagtes Haustier beschlossen haben, einen gut durchdachten, radikalen und ebenso wirkungsvollen Plan umzusetzen, den sie schon oft an kleinen pelzigen Opfern praktiziert hatte. Die Gattung Mensch ist zwar viel größer und kräftiger, aber sicher unaufmerksamer und langsamer als eine fette Maus oder Ratte und fliegen wie ein Vogel konnte die alte auch sicher nicht. Dazu war sie viel zu dick. Außerdem ist Angriff in diesem hoffnungslosen Fall die bessere Verteidigung, ehe eine unschuldige Katze vor Hunger umfällt !

Von beiden Menschen unbemerkt, schleicht sich das bestens geübte Raubtier also von hinten an und beißt herzhaft in die dicke, mit grauen Wollstrümpfen umhüllte rechte Wade der unentwegten Quasselerin. Die springt vor Schmerz und Schreck laut schreiend und schimpfend vom Hocker auf, die Großmutter fällt fast von der Leiter und schaut sich ganz verstört um. " Das ist ja eine Frechheit sondergleichen. Bei ihnen und ihrem blöden Tiger werde ich nie wieder Schuhe kaufen ", faucht nun die überrumpelte Frau und verschwindet für immer aus unserem Blickfeld.

Pussy aber hat zweifelsfrei bewiesen, wer der Herr - Entschuldigung - wer die Herrin der Lage und wer die Dienerin ist.

Wir machen Hausmusik

Besonders gemütlich war es bei uns immer in der Vorweihnachtszeit, wenn die Tage extrem kurz sind und man sich als kleiner Mensch nur wenige Stunden am Tag im freien aufhalten kann. Einmal, weil es schon ganz früh dunkel wird und zum andern, weil das Wetter so ungemütlich ist. Schönen, festen Schnee gibt es im Saarland, das ja schon zum Süden unserer deutschen Heimat gezählt wird und wo die Temperaturen im Vergleich zum übrigen Bundesgebiet tatsächlich im durchschnitt etwas höher sind, selten. Oft herrscht kaltes Schmuddelwetter, das weder mir noch unserer Katze behagte.

Da ist man schon etwas gelangweilt und sucht nach anderen Möglichkeiten, sich die Zeit bis zur Bescherung zu vertreiben. Die Pussy suchte sich meist eine stille Ecke, möglichst warm und weich, rollte sich dort gemütlich zusammen und schlummerte selig. Ich übte nach Anleitung meiner Mutter das Spielen auf der Blockflöte. Advents- und Weihnachtslieder waren angesagt. Das erfolgte weit weg vom Ruheplatz unseres Haustigers, denn er fühlte sich durch mein unprofessionelles Rumgequietsche in seinen Träumen erheblich gestört und ich musste wirklich noch viel üben. In unserer kleinen Wohnung hing jetzt ein geheimnisvoller, verführerischer Duft nach frischem Gebäck. Ich hätte zu gerne die Quelle dieser Wohlgerüche ausfindig gemacht und mich daran satt gegessen. Aber alles war streng geheim und bei Strafe verboten. In meiner Familie wurden die Plätzchen erstmals am Heiligen Abend unter dem Weihnachtsbaum zum Essen freigegeben, was anscheinend auf den alten Brauch zurückging, dass Adventszeit früher als strenge Fastenzeit galt . Und bis zum Fest war es noch endlos lang. Die Plätzchen wurden tatsächlich von meiner Mutter heimlich am späten Abend gebacken und nicht vom Christkind, wie alle behaupteten. Ich habe sie selbst heimlich dabei erwischt, als ich durch lautes Geklapper und ein unterdrücktes Fluchen im Zimmer nebenan aus dem Schlaf gerissen wurde und der Ursache nachging. Damals haben wir viele, gemütliche Abende damit verbracht, Lieder zu singen oder Mensch ärgere dich nicht zu spielen . Manchmal hat sich auch Oma zu uns gesellt und ihre Klavierkünste zum Besten gegeben.

Sie saß an ihrem alten Klavier und spielte uns Kinder- und Weihnachtslieder vor. Ihr Lieblingsstück aber war, so erinnere ich mich, die Petersburger Schlittenfahrt, was sie dann auch mit Begeisterung vortrug. Hin und wieder vergriff sie sich und haute schwungvoll daneben, weil ihre Künste schon seit vielen Jahren leicht eingerostet waren. Von uns allen unbemerkt kam auch die Mieze mit in unser Wohnzimmer geschlichen und hat sich dann wohl zunächst unbemerkt unter die Zuhörer gemischt. Ich sah sie später majestätisch oben auf dem Klavier thronen und Omas zehn tanzende, dicken Finger fasziniert beäugen. Als Oma nach den brav vorgetragenen Liedern dann zum Wintersportlied aus der Kaiserzeit überging, peitschte das Tier bedenklich mit seinem langen Schwanz, ohne dass die Erwachsenen das so richtig wahrnahmen. Aber als die Großmutter bei besagtem Lieblingslied fürchterlich danebengriff, hielt es die ungeladene Zuhörerin nicht mehr aus. Mit einem gewaltigen Platsch sprang sie mitten auf die linke Seite der Tastatur, rannte verstört ob diesem noch lauteren Missklang die restlichen Tasten, 5 Oktaven bis zum hohen A entlang und verschwand mit lautem Gejaule. Weihnachtsmusik war anscheinend nicht so ihr Ding. Und Oma grübelte im Anschluss daran über die Frage , ob sie doch vielleicht auch mal vorher üben sollte, um die Pussy bei den Stange zu halten.

Vom Alltagsleben

So vergingen noch ein paar Jahre und es lief mit Großmutter, Katze, meiner Familie und mir mehr oder weniger weiter wie beschrieben in diesen Bahnen ab. Mit den Jahren bekam unsere Katzendame noch öfter Nachwuchs, den sie mal im Flur in einer alten Kiste oder auf dem Dachboden heimlich zur Welt brachte und uns dann nach einigen Tagen präsentierte. Wie alle Katzenmütter wechselte sie sicherheitshalber mehrmals das Versteck ihrer Kinder, indem sie sie von einem zum anderen Ort im Maul transportierte. Die Kleinen verfallen dabei in eine Starre und lassen den aus Sicht der Mutter notwendigen Umzug widerspruchslos über sich ergehen. Mit der Zeit bekam auch sie mehr Routine und Erfahrung in der Kinderaufzucht, sodass wir als Ersatzmütter immer weniger gefragt waren.

Der Kindsvater tritt während der ganzen Zeit nie im Erscheinung, wahrscheinlich weiß er überhaupt nicht, was Vaterschaft ist. Trotzdem hatten wie den schicken Kater mit dem makellos schwarzen Fell vom Haus schräg gegenüber im Verdacht, der öfter um unser Haus stolzierte. Katzenmütter sind sozusagen alleinerziehend mit Drillingen , Vierlingen oder noch mehr. Eine stramme Leistung !

Eine sich selbst ernährende Katze muss täglich mindestens 12 bis 15 Mäuse jagen und verspeisen, um fit zu bleiben, dazu kommt noch tägliche Wäsche und Fellpflege, die bis zu 3,5 Stunden am Tag in Anspruch nimmt. Von " Katzenwäsche " im Sinn von kurz und oberflächlich kann da wirklich keine Rede sein. Eine Katze muss völlig geruchlos sein, wenn sie bei der Jagd erfolgreich sein will. Die Krallen müssen ebenso immer tadellos in Schuss gehalten werden, d. h. gesäubert und vor allem geschärft werden. Für diese Krallen - Kosmetik bevorzugen viele Samtpfoten das

Familiensofa zum Ärger der Dosenöffner. Natur verbundenere Exemplare lieben aber auch Baumstämme in der freien Wildbahn. Das eigene Revier zu Markieren ist nun mal die Pflicht jedes selbstbewussten Katzen – Tieres, also basta!

Menschen neigen immer dazu, ihre tierischen Pensionsgäste umzuerziehen. Dafür kaufen sie heutzutage überflüssige Möbel wie Katzenbäume und Matten aus Sisal. Manche kommen auch selbst mit der Nagelschere, als ob Katzen das nicht immer selbst am Kratzbaum bestens erledigt hätten.

Stubentiger schlafen am Tage viele Stunden . In der Nacht kann das dann ganz anders aussehen. Ein Katzentier, das unbedingt auf Mondschein-Tour gehen möchte, wird alle Register ziehen, um das auch durchzusetzen. Der absolute Freiheitsdrang war bei unserer Pussy, Gott sei Dank, bei weitem nicht so stark ausgeprägt, wie ich es später bei meinen anderen Katzen erlebt habe. Eine sich eingesperrt fühlende Katze wird alles ausprobieren, um nach draußen zu gelangen. Durch unglaublich enge Schlupflöcher und Spalten, Kamine und Abluftrohre, Wäscheabwurfschächte und angelehnte Türen finden sie ihren Weg nach draußen. Besonders geschickte Exemplare sollen sogar fest geschlossene Türen öffnen können, indem sie gezielt auf die Klinke springen. Sie kennen ganz genau unsere Gewohnheiten und Tagesabläufe und passen den Augenblick ab, wenn wir kurz die Tür für den Briefträger oder Besucher öffnen müssen, um geschickt durch unsere Beine zu entfliehen. Bei modernen Fenstern sollte man sich davor hüten, diese auf Kippe zu stellen, ohne sich sicher zu sein, dass die Katze nicht gerade heimlich ins Zimmer geschlichen ist und sich unter dem Bett mit Beute versteckt. So haben wir von einigen Jahren einen kleinen Liebling verloren, der in unserer Abwesenheit unbemerkt im engen nach unten spitz zulaufenden Spalt des gekippten Fensterflügels hängen blieb und jämmerlich starb. Wir haben getrauert wie um einen geliebten Menschen. Und es dauerte Jahre bis wir uns entschließen konnten, wieder einen Streicheltiger zu halten.

Bei schlechtem Wetter blieb Pussy abends zur Schlafenszeit aber gerne freiwillig in der noch vom Kohlenfeuer kuschelig warmen Wohnküche, während meine Oma sich in ihr Schlafzimmer im ersten Obergeschoss zurückzog. Katzi lag da noch am nächsten Morgen, blinzelte uns ganz schlaftrunken an, reckte und streckte sich ausgiebig, um sich dann gemächlich zur Milchschale zu begeben. Lies sich Oma mit dem Ausschank aber zu lange Zeit, so strich Pussy ihr erst um die Beine um dann zum Futterplatz zu laufen und nach Katzenart maunzend auf sich aufmerksam zu machen. Ob sie manchmal abends vergeblich versuchte, meiner Großmutter an der Tür durch die Beine zu schlüpfen um nach draußen zu gelangen, um dort vielleicht ihre Freunde zu treffen, weiß ich nicht . Ich war ja noch ein Kind und musste relativ früh schlafen gehen. Aber ich erinnere mich noch genau daran, dass Urgroßvater Hermann ihr aus Versehen beim Treppensteigen mit seinen invaliden Beinen auf eine Pfote trat, was ein markerschütterndes Maunzen zur Folge hatte, das uns alle erstarren ließ. Schnell vergewisserten wir uns dann, dass Pussy wohlauf war und sie sich nicht ernsthaft verletzt, sondern nur erschreckt hatte.

Ein paar Tage lang hatte Oma großen Kummer. Ich weiß nicht mehr warum , aber das Puddelloch (Klärgrube für Fäkalien) im Hof hinter unserem Haus war offen. Warum es keine Abdeckung hatte, ist mir nicht bekannt. Vielleicht war sie kaputt gegangen oder die bestellte Entleerung hat sich um Tage verzögert, ich weiß es nicht. So wurde mir von meinen Eltern verboten, dort zu spielen. Was ich auch befolgte. Aber Oma, die sich als Hausbesitzerin und Hüterin ihrer einzigen Enkeltochter sah, fühlte sich verpflichtet in jeder freien Minute nachzusehen ob alles in Ordnung war. Sie rannte dann ums Haus, rief nach mir und ihrer Katze und wenn wir nicht antworteten, blieb sie regungslos minutenlang vor der Grube stehen um hinein zu starren, ging dann aber anscheinend beruhigt wieder in ihren Laden zurück. Mein Freund Johann und ich haben das alles hinter den Büschen versteckt beobachtet und uns köstlich dabei amüsiert. Selbst Pussy saß ganz still und fast unsichtbar in in der Nähe und hat sich das wortlos vergnügt angesehen.

Vom Mäusejagen und Katzen - Philosophien

Eine meiner späteren Katzen habe ich nie mit einer Maus im Maul gesehen.

Ich habe mir auch sagen lassen, dass nicht alle Katzen einen ausgeprägten Jagdinstinkt haben.Manche spielen nur mit den niedlichen Tierchen, andere verstecken sie in der Wohnung, z. B. in Blumenvasen, Bierflaschen und dergleichen. Einige lassen sie als lebendiges Spielzeug im Wohnzimmer frei und warten gespannt, ob sich der dem Tode geweihte, bemitleidenswerte Nager vielleicht nach ein paar Stunden doch noch hinter dem schützenden Schrank hervorwagt oder da lieber verhungern möchte.

Mir wurden von meinen anderen Katzen unzählige Geschenke in Form von toten Mäusen vor die Haustür gelegt. Es kam aber vor, dass der siegreiche Jäger die Beute verzweifelt gesucht hat, nachdem ich sie zuvor unbemerkt diskret in der Mülltonne entsorgt hatte. Was das ganze Procedere letztendlich zu bedeuten hat, kann ich auch nicht mit letzter Gewissheit sagen. Viele Dosenöffner sind der Meinung, ihr Liebling wolle mit seinem Verhalten einen Beitrag zum gemeinsamen Haushalt leisten, denn gutes Fleisch ist teuer, wenn man es kaufen muss. Daher sind Katzenbesitzer oft ganz stolz auf die (Un-) Taten ihrer Lieblinge. Und das versöhnt wieder etwas mit den Unannehmlichkeiten, aus allen Ecken Mäuseleichen zu bergen und diskret zu entsorgen.

Andere vertreten die Meinung, dass diese nie ganz gezähmten Haustiere ihre Menschen für dumm und ungeschickt halten. Sie wollen uns, da sie uns andererseits wegen unserer Qualitäten als Hausdiener ja auch lieben und schätzen, kostenlos Anschauungsunterricht darüber geben, wie man richtig jagt, dann die Beute fachmännisch zerlegt und sie bei Bedarf direkt verputzen kann. Genauso zeigen sie es auch ihrer Kindern . Und sie sind dabei sehr besorgt, weil wir so viel schlechter anzuleiten und zu begeistern sind als Katzenkinder .

Eine andere Variante erlebte mein Mann kürzlich. Er wollte unserem jetzigen Kater, dem Floh, erst neues Nassfutter geben, wenn dieser das alte von gestern aufgefressen hätte.

Unser Haustier saß auf dem Fußschemel und sah erwartungsvoll auf seien Diener. Als er aber begriff, dass er das nicht bekam, was er wollte, rannte er flugs zur offenen Tür hinaus und kam nur einige Minuten später mit einem erbeuteten Vogel zurück. Es war so, als wolle er sagen: eine solche Behandlung hab ich nicht nötig !

Mein Mann wiederum war tief erschüttert, weil er Vögel sehr mag. Aber ernähren wir uns nicht auch von Schweinen, Kühen und Hühner-Vögeln ?

Die Verständigung zwischen Mensch und Tier erfolgt meist nicht verbal. Es ist die

Gestik und das Verhalten, das uns anzeigt, was das Tier möchte oder gerade empfindet. Z.B. läuft die Katze zur Tür, wenn sie raus möchte. Manche Katzen bleiben dann davor sitzen und maunzen so lange, bis Mann oder Frau ihren Wunsch erfüllen. Andere setzen sehr effektiv ihre Krallen ein, weil sie genau wissen, dass ihr Mensch zerkratztes Holz nicht mag und deshalb ganz schnell auf Trab gebracht wird. Das sind Dinge, die die Hauskatzen ganz schnell lernen, denn sie sind ganz schön schlau.

Eine aufgeregte Katze äußert ihre Gefühle durch Bewegung mit dem Schwanz. Das geht von kurzem, kaum wahrnehmbaren Zucken, bis zu wildem hin und her peitschen, wenn sie eine Beute beobachtet. Freude drückt das Katzentier durch senkrechtes Aufstellen des Schwanzes oder lautes Schnurren aus. Emotionen werden ebenfalls mit den Ohren ausgedrückt. Hat das Tier diese nach hinten angelegt, sollte man vorsichtig sein, denn es ist im Verteidigungsmodus und könnte unmittelbar zubeißen.

Der Gesichtsausdruck direkt ändert sich nicht, da dem Tier die entsprechende Muskulatur fehlt. Eine gesunde Samtpfote ist fast rund um die Uhr aufmerksam und jederzeit zur Flucht oder zum Angriff bereit. Die Phasen, in denen sie ganz tief schläft, sind nur sehr kurz und finden auch nur dann statt, wenn Mieze sich unangreifbar und hundert Prozent sicher weiß. Z.B. im Schuppen auf einem Regal ganz oben oder in einen Höhle mit ganz kleinem Eingang, durch den Nachbars Hund nie gelangen könnte. Auch unter abgestellten Autos findet man oft Fellnasen, besonders Kuschelig ist das im Winter, wenn der Motor des Wagens noch schön warm ist, oder in unseren Betten !

Katzen untereinander, sagt man, verständigen sich niemals durch Maunzen, höchstens durch Knurren und lautes Fauchen. In Abwehrposition sträuben sie gerne ihr Fell und machen einen Buckel, damit sie größer erscheinen um den Feind so in die Flucht zu jagen. Im Streit mit Hunden ziehen Katzen fast nie den Kürzeren. Sie ziehen auch viel größeren Hunden mit ihren scharfen Krallen eins über die empfindliche Nase oder gar über die Augen und der Angreifer ist kuriert. Ihm bleibt meist nur laut jaulend und blutend die Flucht.

Menschen gegenüber zeigen sich viele, meist weibliche Katzen, sehr gesprächig. Sie maunzen bei jeder Begrüßung, andere hören gar nicht mehr auf zu Miauen und sehen den Menschen dabei ganz erwartungsvoll an . Schade, das ich nicht verstehe, welche Geheimnisse sie mir gerade anvertrauen wollen.

Aus heutiger Sicht waren die frühen Jahre meiner Kindheit im Saarland schön und unbeschwert. Der Leistungsdruck war noch nicht so ausgeprägt, wie in heutiger Zeit und ich durfte noch richtig Kind sein . Dass ich keine so tollen Spielzeuge hatte, die sich meine Eltern damals auch überhaupt nicht leisten konnten, hat mich nie gestört. Ich hatte meine Freunde, eine Mutter ,die ganz für mich da war, einen Vater, der als Architekt in späteren Jahren zwar sehr beschäftigt war, aber treu für die Familie sorgte, Großmutter und einen schon sehr alten Urgroßvater, der sich bis zu seinem Tod 1957 immer ums Haus herum nützlich machte und mir hin und wieder schöne Geschichten erzählte. Wir spielten vor dem Haus auf dem Bürgersteig, am liebsten mit großen alten Pappkartons, in denen Schuhe für unseren Laden geliefert wurden und mit ausgedienten Untergestellen von ehemaligen Kinder- Cheesen (zu deutsch Kinderwagen), die vom Vater meines Freundes zu Seifenkisten umgebaut wurden. Wir veranstalteten damit heiße Straßenrennen auf dem Bürgersteig, wohnten wir doch auf einem Berg. Mit Klickern spielten wir, auch Murmeln genannt, und später fuhren wir auf einfachen Holzrollern und zogen

Konservendosen aus Blech an Schnüren hinter uns her um schön Krach zu machen. Mit Kreide wurden Hibbelheisjer (Kinderhüpfspiel Himmel und Hölle) auf das Pflaster das Bürgersteigs gezeichnet und wir übten uns im geschickten Springen. Aber am liebsten spielten wir mit unserer Katze. Die beobachtete auch unser Tun viel öfter als wir es wahrnahmen, heimlich aus sicherem Hinterhalt, z. B. vom Magnolienbaum aus, der in dem kleinen Vorgarten stand oder tief in den angrenzenden Büschen versteckt. Katzentiere beobachten alles was in ihrer Umgebung vor sich geht. Sie wissen, wer wann zu Hause ist und wer gerade vom Einkaufen mit vollen Taschen heimkommt. Katzen sind sehr diskret aber sie sind auch die wahren Mini-Spione in unserer Gesellschaft.

In unserer Wohnung gab es, wie man sich denken kann, noch nicht so viele Bücher wie heute.Trotzdem hatten wir auch

Kinderbücher, sogar ein Kinderbuch mit der Geschichte, wie eine Katze einem kleinen Jungen die Angst vor der Dunkelheit nimmt. Diese Erzählung habe ich mir abends unzählige Male von meiner Mutter vorlesen lassen und sie hat auch mir geholfen, die Nacht nicht mehr als Bedrohung zu sehen. Tiere wie unsere Pussy waren natürlich Helden die mich in meiner kindlichen Phantasie Tag und Nacht beschützten. Und ich glaube, unsere Katze hat das irgendwie auch gewusst oder geahnt, wie wichtig die Beziehung zu einem Tier auch für den Menschen ist.

Man sagt, die Hauskatzen seien die einzigen Wesen, die sich selbst domestiziert haben. Sie hätten einfach die Nähe der Getreideanbauer gesucht , denn wo Getreide gelagert wird, sind auch leckere Mäuse in rauen Mengen zu Hause !

Der Mensch fand das Tier mit seinem Tun dann nützlich und auch putzig und hat es in seiner Behausung geduldet, besonders da es ihm im kalten Winter im Bett auch noch die Füße gewärmt hat.

Katzentiere waren schon seit Alters her auch auf Segelschiffen, Ruderbooten und Lastkähnen gern gesehen. Ob Phönizier, Griechen oder Wikinger, alle haben diese Vierbeiner als Mitreisende geschätzt. Die Hauskatzen sollen schon laut DNA-Studien vor ca. 9000 Jahren im Nahen Osten domestiziert worden sein. Eine bildliche Darstellung aus dem alten Ägypten zeigt eine Katze, die vom Boot aus an der Jagd von Wasservögeln teilnimmt. Man nimmt an, dass Bordkatzen genau so bei den Phöniziern im Altertum das Mittelmeer befuhren wie sie im 16. Jahrhundert bei den Portugiesen auf Handelsschiffen dabei waren oder vor über tausend Jahren mit den Wikingern die weite Welt eroberten. Sie taten tagtäglich ihren Dienst ! Genauso auch auf der spanischen Mayflower 1620 bei der Überfahrt der Pilgrim Fathers nach Amerika.

Nach wissenschaftlichen Untersuchungen

ist die Amerikanische Main- Coon -Katze genetisch mit der skandinavischen Waldkatze verwandt. Das passt zu der Tatsache, das die Wikinger diese Katzenart an Bord hatten und damit z. B. auch unter Leif Eriksson um das Jahr 1000 n. Chr. bis nach Neuengland fuhren um dort zu siedeln. Schon die Griechen prägten ca. 400 v. C. Münzen mit der Darstellung einer Katze (wikipedia : schiffskatze).

Man findet auch reichlich Erlasse und Vorschriften, die die Anwesenheit von Katzen an Bord betreffen. Zum Beispiel mussten Schiffseigner für beschädigte Waren haften, wenn keine Katze an Bord war (Regelbuch für alle Belange der Schifffahrt), blieben gestrandete Schiffe so lange im Besitz des Eigentümers, so lange sich darauf eine lebende Katze befand (Dekret des schottischen Königs Alexander 2. 13. Jht.), galt ein Schiff in Handelsverträgen nur als reisetauglich, solange sich zwei Katzen an Bord befanden

(Jean Baptiste Colbert 17. Jht.). Erst im Jahr 1975 untersagte die Royal Navy das halten von Katzen auf den Schiffen ihrer Kriegsmarine und beendete damit diese Tradition (Wikipedia : Schiffskatzen).

Ein neuer Lebensabschnitt

Bald jedoch sollte es bei mir mit der grenzenlosen Freiheit zu Ende sein.

1957 wurde ich in die evangelische Grundschule eingeschult, zusammen mit einem entfernten Vetter, dem Hans, dessen Vater an einer anderen Schule Direktor war. Seine Familie war stolz und ehrgeizig. Schon mit fünf Jahren bekam der kleine privaten Unterricht im Schreiben und Lesen. Mir als Verwandte schenkten sie auch ein ausgedientes erstes Lesebuch, damit ich schon üben sollte. Aber das passte mir gar nicht. Ich lief heulend in den Garten und stieg wie unsere Katze auf unseren Birnbaum, denn ich wollte nicht in die Schule, um dort meine Zeit mit Lesen und Schreiben zu vertun.

Jetzt aber war die Sache unabwendbar . Ich musste mich fügen, morgens in die zum Glück nahe gelegene Schule gehen und Nachmittags noch Hausaufgaben erledigen, wobei sich die interessierte Pussy oft auf den Küchentisch setzte und meine ungeschickten Schreibversuche mit Griffel auf der neuen Schiefertafel begutachtete. Nur gelegentlich griff sie mit der Pfote ein und versuchte alles wieder wegzuwischen, was die Sache für mich noch schwieriger machte. Genau so oft legte sie sich aber auch ganz leise auf meinen Schoß und schnurrte beschwichtigend. Da ich das schlafende Tier aber nicht stören wollte, hatte ich bald alle Zeit der Welt, um meine Aufgaben ordentlich zu erledigen. Der Hans war zwar zuerst, dank seiner Vorübungen, beim Schreiben geschickter, aber im Rechnen war ich viel schneller und sicherer. Also hat sich die vorschulische Plackerei für ihn nicht besonders gelohnt. Für mich war so der Unterrichtsstoff zwar neu, aber deshalb auch nicht so langweilig.

Prämienhäuser

Wir hatten damals schon ein ansehnliches Anwesen. Wie noch heute am Grundriss leicht festzustellen ist und uns später die Einsicht der alten Unterlagen beim Bauamt auch bestätigten, stand ursprünglich auf unserem Grundstück ein sogenanntes Prämienhaus.

Diese Häuser, es gab davon rund 9000 , (Quelle Internet Industriekultur Heusweiler Prämien Häuser) wurden in der Zeit zwischen 1842 und 1918 gebaut. Sie gehen auf eine Initiative von Bergamtsdirektor Leopold Seilo zurück, der den vielen neu zugewanderten Bergarbeitern die Möglichkeit geben wollte, in der Nähe der Gruben Eigentum zu erwerben, um zusammen mit ihren Familien auf Dauer sesshaft zu werden. Die ersten angeworbenen Bergleute, meist aus dem nördlichen Saarland und dem Hunsrück, waren gezwungen, in Schlafhäusern zu übernachten und konnten nur am Wochenende ihre Familien besuchen. Dabei legten sie viele Kilometer zurück . Deshalb wurden sie auch Hartfüßer genannt.

Bis heute prägen diese einfachen, aber zweckmäßigen Häuser das Bild unserer Region. Die Möglichkeit, Eigentum auf Prämienbasis zu erwerben, war ein Segen für die Zuwanderer, die sich so sehr gut integriert haben. Sie bauten auf den großzügig bemessenen Grundstücken Obst und Gemüse für den Eigenbedarf an. Beliebt waren auch die sprichwörtlichen Bergmanns-Kühe (Geißen) , die Kaninchen, Tauben und die Hühner, die in meiner Familie bis in die sechziger Jahre gehalten wurden. Ein besonderes Erlebnis war dann für uns Kinder das Aufziehen der entzückenden kleinen Küken. Das fand in einem kleinen Drahtgehege nahe am Küchenofen statt und man musste dabei immer die Katze im Auge behalten.

In den Siedlungsgebieten der Bergarbeiter

entstand eine lebendige Vereinskultur . Es bildeten sich Gesangs- Musik- und Gartenbauvereine,Kaninchenzüchter, Turn- vereine, Frauenvereine und natürlich gab es auch viele, viele Kneipen. Wenn die Grubenarbeiter unter Tage ihre Schicht beendet hatten, waren sie immer sehr durstig. Denn je tiefer die Schächte in die Erde getrieben waren, desto wärmer wurde es und die schwere körperliche Arbeit war sehr schweißtreibend. So standen die, wohl aus Erfahrung klug gewordenen Ehefrauen, am Zahltag direkt am Torhaus, um ihre Männer und Söhne in Empfang zu nehmen, um sich den Monatslohn abzüglich eines Taschengeldes aushändigen zu lassen. In den saarländischen Familien verwalteten in der Regel die Frauen das Familieneinkommen und das war, so glaube ich, auch gut so ! Nach einem schwierigen Start mit längerem Anlauf, mein Vater war ja zugezogen, noch sehr jung und vor Ort noch nicht so bekannt, ging es mit dem

Architekturbüro langsam aber stetig bergauf. Vater wurde zusehends bekannter, die Arbeit entsprechend mehr. Das Nebengebäude unseres Wohn - und Geschäftshauses, ganz früher Wurstküche eines Metzgers im unteren Bereich und oben offenem Dachboden, hauptsächlich für Holz und Baumaterial, was man im Moment nicht mehr brauchte, aber viel zu schade zum wegwerfen war, in Erinnerung an vergangene Notzeiten, wurde umgebaut. Im UG entstand eine Sauna mit Holzofen, den Dachboden bauten wir aus und Vater richtete sich einen neuen Raum als Büro ein, beheizt durch einem Bollerofen . So konnte er seinen Arbeitsplatz in den Anbau am Wohnhaus verlegen und sparte anderswo die Miet- und Fahrkosten . Die Sauna, der Traum meiner Eltern und zu der Zeit wohl auch die einzige im Ort, war die Attraktion ! Sie war mit ganz einfachen Mitteln preiswert selbst gebaut . Wir nutzten sie an vielen Samstag-Abenden und verbrachten danach noch viele schöne

Stunden mit gemütlichem Beisammensein, Essen und Kartenspielen. Bei solchen Anlässen gab es Weck mit Lyoner, Bier und Rettichsalat. Wir spielten Romme und Canaster. Die neugierige Pussy musste uns dabei natürlich auch aus dem Garten kommend besuchen und sich ihren Anteil an der guten Lyonerwurst sichern. Nicht nur der saarländische Mensch an sich ist Feinschmecker, die saarländischen Kleintiger sind das ebenso, vielleicht sogar noch etwas mehr. Sie alle wissen genau was gutt is !

Von der Freiheit der Katzen

Als meine Mutter in der Folgezeit nach dem Tag X gar eine Waschmaschine bekam, und die mühsame Handwäsche in der Waschbütt endlich ein Ende hatte, saßen wir alle staunend um die Maschine, verfolgten alle Spül - und Schleudergänge und sahen uns anschließend das Ergebnis kritisch an. Der größte Fan unserer neuesten technischen Errungenschaft Made in Germany aber war unerwarteter Weise unsere Pussy ! Wurde die Maschine eingeschaltet, eilte sofort unsere technikbegeisterte Mieze herbei und überwachte den Waschgang von Anfang bis zum Ende. Ihr Köpfchen versuchte immer der Bewegung von einzelnen Wäschestücken zu folgen. Besonders ein roter Socken hatte es ihr oft angetan. Den versuchte sie unzählige Male vergeblich mit ihren Pfoten im Bullauge hinter der Glastür zu erhaschen. Und wir lachten uns alle kaputt.

Fernsehsendungen interessierten sie nach

anfänglich starkem Interesse nur noch, wenn es um Fußballspiele oder Tierfilme ging. Das war für sie augenscheinlich aufregend wie Mäuse fangen.

Heute, in unserer Wohlstandsgesellschaft, wo in den Großstädten wahre Einkaufspaläste für Heimtierbedarf wie Pilze aus dem Boden schießen und in renomierter Expertenrunde darüber heftig gestritten wird, welche Nährstoff-zusammensetzung die beste für eine zwei oder siebenjährige Katze ist, führen aber die Katzen nicht unbedingt ein glücklicheres Leben. Auf der einen Seite vermehren sich die Tiere in südländischen Ländern unkontrolliert und vegetieren unterernährt dahin, bis eine Krankheit oder der Hunger sie in die ewigen Jagdgründe abberuft. Auf der anderen Seite halten viele ihre Tiere als Schmuse – Stubentiger in viel zu kleinen Wohnungen als Einzeltier. Auch habe ich schon erlebt, das Katzenbesitzer ihr Tier

Tag und Nacht in die Gästetoilette sperren, aus Angst die Katze könnte dem Baby etwas antun. Ich hatte auch mal Säugling und Katze in einer Wohnung, aber mit etwas Aufmerksamkeit und Umsicht war das Problem leicht in den Griff zu bekommen. Gefahr besteht wirklich nur dann,wenn das Baby noch sehr klein und schwach ist. Katzen legen sich gerne auch auf die Brust eines Menschen, wenn er schläft. Dabei besteht die Gefahr, dass ein Kleinkind unbeabsichtigt erstickt wird .

Ein etwas älteres Baby wird die Katze mit Leichtigkeit wegschieben,wenn seine Atmung beeinträchtigt wird.

Freiheitsentzug macht meiner Meinung nach keine Katze glücklich. Es mag ja ängstliche Vertreter geben, die sich lieber im Schutz der eigenen vier Wände aufhalten oder die Welt vor der Tür nie kennen gelernt haben, aber nach meiner langjährigen Erfahrung wollen alle kleinen Tiger früher oder später die weite Welt erobern. Raus zu kommen tut ihnen genau so gut wie uns

Menschen.

Sicher wird jeder verantwortungsvolle Dosenöffner hin und wieder ein flaues Gefühl im Magen haben und ängstlich oder sehnsüchtig auf die Rückkehr seines Lieblings warten. Der ist dann vielleicht gerade auf Freiersfüßen, Brautschau, Katzenversammlung oder Ähnlichem, was im Extremfall Tage dauern kann. Es ist aber auch möglich, dass sich ihr Pelzknäuel gerade in der Nachbarschaft an fremde Fressnäpfe oder einen schönen Sonntagsbraten herangepirscht hat, weil Ergaunertes doch bisweilen besser mundet und dann leider inzwischen die Fenster wieder geschlossen wurden, weil der Nachbar zwecks Arbeit das Haus verlassen hat. Dann sitzt die Einbrecherin verdient eine Weile fest, was sie aber keineswegs nervös macht, da sie dann gerade satt und müde ist. Der Eindringling legt sich dann gemütlich in eine kuschelige Ecke auf ein warmes Kissen oder noch besser, gleich ins

Bett des unfreiwilligen Futterspenders und hält dort erst mal zufrieden ein Verdauungsschläfchen. Das kann dann schon mal von morgens um acht bis nachmittags um vier dauern.

Für die unberechtigte Sorge seines vermeintlichen Besitzers hat sie nur noch ein müdes Gähnen übrig, denn eine Katze gehört nur sich alleine.

Glaubt einer, ein Schnurrtier zu besitzen, oder zumindest der Partner eines solchen zu sein, so darf er keine allzu ängstliche Natur haben, sonst funktioniert diese Symbiose nicht und einer wird früher oder später die Scheidung einreichen oder das Weite suchen. Die Option für eine reumütige Rückkehr nach Tagen, vielleicht auch erst nach Wochen oder gar Jahren, bleibt aber selbstverständlich bestehen.

Die Katzen, die ich selbst später als Erwachsene hielt, hätten, wenn ich ihnen den Freilauf verweigert hätte, mit heftigem

Protest reagiert. Einen großen Haufen auf den guten Teppich oder so, damit es selbst Frauchen endlich kapiert , was Katze will.

Dass meine Katze auch andere glücklich macht, weiß ich längst . Unser jetziger Mieter, ein früh berenteter Junggeselle, dessen oft einzige Beschäftigung im Spielen von PC - Games bestand, dient jetzt mit Begeisterung unserem Kater Floh und noch einer Katze namens Moritz, dem angesagten Liebling der Nachbarin von gegenüber.

Mit großer Freude steht Erwin nachts freiwillig mehrmals auf, um die tierischen Besucher, die übers Dach und die Loggia angeturnt kommen und drohend die Krallen am Holzrahmen seiner Schiebetür wetzen, herein und bei Wunsch gleich wieder hinaus zu lassen. Sie liebevoll mit einem alten Handtuch abzurubbeln, wenn sie vom Regen klatschnass sind und sie mit Leckerchen zu versorgen, versteht sich von selbst. Beim Morgengrauen liegen dann oft alle drei selig schnarchend im Bett, um in den neuen Tag zu träumen. Die Augen des guten Erwin haben noch nie begeisterter geleuchtet, als beim Erzählen der neuesten Streiche seiner kleinen Katzenfreunde.

Doch schon in der nächsten Nacht kann alles anders laufen. Dann entscheidet der Floh vielleicht, dass er nach erfolgreicher Jagd nun uns am liebsten mal besucht. Zufrieden legt er sich dann in unser Ehebett, genau zwischen mich und meinen Mann, um mit jedem von uns Körperkontakt zu haben. Da er durch unser stets geöffnetes Schlafzimmerfenster springt und sich lautlos bewegt, habe ich beim Aufwachen oft geglaubt, ein Kind läge bei uns im Bett.

Katze ohne Führerschein

Da ich heute in einem kleinen Dorf im Sauerland lebe, ist hier die Situation für Tierhalter eine etwas andere als an der Haupteinfallstraße nach Saarbrücken, an der ich mit meiner Familie in den Jahren nach dem 2. Weltkrieg so lange lebte.

Dort war uns oft Bange um unseren Liebling, denn wir wussten, wie gefährlich auch damals schon das Überqueren der Hauptstraße war. Der Verkehr war zwar noch nicht annähernd so dicht wie heute, aber die Straße wurde zu dieser Zeit doch schon lebhaft befahren. Unter anderem seit 1901 von der Straßenbahn, die den Berg vor unseren Haustür hochkeuchte, bevor sie durch moderne Busse ersetzt wurde. Riesige Sattelschlepper transportierten unablässig Kohle und Koks. Brauereien aus Neunkirchen belieferten ihre Kunden, die Wirte, bei uns mit einem knallroten Lieferwagen. Das konnte ich gut aus unserem Wohnzimmerfenster, das auch gleichzeitig mein Schlafzimmer war, beobachten. Es wurden aber nicht nur Fässer angeliefert, sondern auch noch große Eisstangen, die man im Winter aus Natureisblöcken schnitt. Die wurden dann in Eiskellern, so wie beim Kneipenbesitzer von gegenüber, der einen unterirdischen Keller in seinem Haus besaß, gelagert. Das Kellereis hielt auch noch im Sommer das Bier schön kühl.

Kräftige Männer mit langen Lederschürzen und dicken Handschuhen legten sich die großen Stangen über die Schulter und trugen sich durch die Außentürtreppen abwärtz in den unterirdischen Raum.

Während bei uns mit dem LKW ausgeliefert wurde, bekamen die Gaststätten und Wirtschaften in Saarbrücken ihr Bier noch viele Jahre von den Pferdekutschen der Neufangbrauerei gebracht. Es waren stämmige, gut genährte Kaltblutpferde, die auch im dicksten Stadtverkehr täglich ihre Arbeit taten, auch nicht mehr Zeit brauchten, als die modernen Autos , die genau so lange im innerstädtischen Stau standen und so das Bild der Stadt entscheidend mitprägten. Ich werde diese prächtigen Geschöpfe mit ihren Kutschern immer in etwas wehmütiger Erinnerung behalten.Von meinem Fenster aus konnte ich also die Straße gut beobachten. So sah ich auch unsere Katze, was sie tat, wenn sie mal auf die andere Seite wollte. Im Gegensatz zu anderen Artgenossen, setzte sie sich auf den Randstein des Trotoirs - zu deutsch Bürgersteig - und beobachtete scheinbar teilnahmslos den vorbei brausenden Verkehr. Erst wenn weit und breit kein Fahrzeug in Sicht war, lief sie schnurstracks über die Kopfstein gepflasterte Straße. Dieses umsichtige Verhalten hat wohl ihr Überleben garantiert. Unter Tieren gibt es intelligente und weniger intelligente, genau wie bei den Menschen auch. Es kommen auch hin und wieder Katzen unter die Räder, aber die meisten schaffen es, sich anzupassen. Nach dieser Beobachtung war ich dann einigermaßen beruhigt.

Der Anfang vom Ende

Eines Tages kam unsere allseits geliebte Samtpfote abends nicht mehr nach Hause. Zuerst fanden wir das nicht ungewöhnlich, da Katzen ja sehr eigenwillige Wesen sind. Aber die Tage vergingen und Pussy kam nicht nach Hause. All unser Nachforschen und Fragen blieb ergebnislos. Die Katze blieb verschwunden !

Niemand wusste von einem auf der Straße überfahrenen Tier. Nachbarn beteuerten, sie hätten keine Katze aus Versehen im Keller oder Schuppen eingesperrt. Es blieb aber auch die Möglichkeit, dass unsere Samtpfote sich ein anderes Zuhause ausgesucht hatte. Wir alle waren sehr traurig. Oma saß abends alleine in ihrem bequemen Ohrensessel und blies Trübsal, ich konnte mich bei den Hausaufgaben kaum noch konzentrieren, weil niemand mehr auf meinem Schoß lag und sanft schnurrte. Dennoch gab meine Mutter als einzige die Hoffnung nicht auf, unsere Katze wieder zu finden. Und sie sollte recht behalten.

Irgendwann gibt man das Suchen und Nachforschen auf, weil jeder Tag neue Anforderungen stellt und man nicht nur Trübsal blasen kann. Unsere Katze verschwand im Frühjahr, daran erinnere ich mich noch ganz genau.

Großes Raten

An einem warmen Sommertag, es mögen wohl seit dem Vorfall mindestens sieben Wochen,wenn nicht noch mehr, vergangen sein, saß ich mit meiner Mutter im Garten. Sie las ein Buch,was sie immer gerne tat, wenn sie die Hausarbeit erledigt hatte, ich spielte alleine. Es war ungewöhnlich still. Nur die Vögel zwitscherten gelegentlich, der Straßenlärm war nur ganz gedämpft zu hören, die übliche Geräuschkulisse aus der Nachbarschaft fehlte ganz. Da hörten wir aus den Büschen ein leichtes Rascheln, das ich kaum wahrgenommen habe. Und dann wieder. Meine Mutter hob den Kopf, lauschte angestrengt und lief auf die Büsche mit dem dichten Unterholz zu. Ganz vorsichtig zerteilte sie die Zweige und zog etwas hervor.

Dieses Etwas war eine halbtote, erbärmliche Kreatur. Sie bestand nur noch aus einem ganz zottigen, stumpfen, verklebten Fell, das sich über ein Rippengestell legte. Wo früher große grüne Augen einen rätselhaft anschauten, waren nur noch vom Eiter verklebte zugequollene Schlitze auszumachen. Dieses Wesen konnte auch nicht auf seinen vier Beinen stehen, es war dazu viel zu schwach. Ein " guter Gott, das darf doch nicht wahr sein " entfuhr meiner Mutter. Wir beugten uns über unseren Fund und stellten entsetzt fest, das ist doch unsere Pussy, oder ? Sie muss es sein, denn jede Katze hat ihre ureigene, unverwechselbare Fellzeichnung.

Schnell lief ich ins Haus um von dort, wie mir gesagt wurde, einen Schuhkarton und eine alte Decke zu bringen. Unendlich vorsichtig betteten wir die mehr als halbtote Katze in die Schachtel und trugen sie zu uns in die Wohnküche.

Die anderen Mitglieder unserer Familie wollten die Geschichte gar nicht glauben.

Sie kamen alle nach und nach. Erst Oma, dann mein Vater, der gerade vom der Arbeit kam, Omas Putzfrau, die uns schon seit vielen Jahren half und deshalb quasi zur

Familie gehörte, mein Urgroßvater Hermann, der als invalider Rentner für die Hühnerschar, die Kohlenheizung und die Gartenarbeit zuständig war, und mein Spielkamerad Gerd, der eine Etage über uns wohnte und 10 Monate jünger als ich war. Sie alle kamen ganz leise, schauten stumm auf das abgemagerte Skelett vor ihnen im Pappkasten, schüttelten traurig den Kopf und verschwanden fast lautlos in Omas Küche ein Stockwerk tiefer. Sie alle hatten keine Hoffnung mehr.

Woher Mutter wusste, wie man mit einem so kranken Tier umgeht, weiß ich auch nicht. Aber sie konnte es einfach. Als erstes träufelte sie nur einen kleinen Wassertropfen auf die fiebrige Nase ihres Patienten und auf ihr Mäulchen.

Zuerst geschah nichts, dann kam die kleine, trockene Zunge etwas hervor und sie wurde auch mit kühlem Nass beträufelt. Danach schlief die völlig Entkräftete wieder für einige Zeit ein. Das Tier wurde nun mit

Argusaugen von Mutter überwacht während sie routiniert die Hausarbeit verrichtete. Sobald Pussy sich nur ganz leicht bewegte, wurde ihr Wasser eingeflößt. Das wiederholte sich viele Male am Tag.

Allmählich ersetzten wir das Wasser durch nahrhaftere Milch und die Katze nahm allmählich etwas größere Mengen zu sich. Dann fingen wir an, zum ersten Mal Hackfleisch, ihr früheres Lieblingsfressen, zu besorgen. Mit einem weichen Tuch wischte Mutter ganz vorsichtig über die verkrusteten Augen, die immer noch ganz schlimm aussahen. Wenn ich aus der Schule kam, war stets mein erster Weg zu unserer kranken Katze.

Nach drei Tagen machte die Katze zum ersten mal Anstalten, aufzustehen. Sie schaffte es noch nicht ganz, brach mit den Hinterbeinen gleich wieder zusammen. Aber es war endlich ein Anfang und letztlich die Wende zur Gesundung. Wir fingen an, die Katze zum Kohlenkasten (Katzentoilette) zu tragen, was sie dankbar in Anspruch nahm. Von nun an, und mit Hilfe der besten Leckerchen in winzigen Portionen, aber die jede Stunde verabreicht, ging es jetzt wieder von Tag zu Tag aufwärts.

Wir atmeten auf und Mama konnte sich endlich von dem Stress der vergangenen Tage erholen.

Natürlich war das Schicksal von Pussy auch das große Thema im Schuhladen.

Durch viele Gespräche konnte Oma in Erfahrung bringen, dass wir keinesfalls alleine betroffen waren. Es war von mehreren gestorbenen Tieren die Rede. Das prominenteste unter ihnen war der Dackel unseres evangelischen Pfarrers. Dazu kamen noch etliche verendete oder verschwundene Kleintiere, Kaninchen und auch Katzen. Dabei fiel auch der Ausdruck Staupe. Da damals niemand auch nur auf die Idee kam, einen Tierarzt zu Rate zu ziehen, wusste niemand mit Sicherheit was uns da heimgesucht hatte. Wichtig im

Nachhinein für uns war aber, dass die Katze und vielleicht auch wir, die Krankheit überstanden hatten. Unbeschadet - ohne Folgen vielleicht - aber wer weiß das schon so genau.

Alles hat ein Ende

So schien es zumindest. Etwas hatte sich für mich zunächst unbemerkt verändert. Mir fiel es nicht auf, aber die anderen Mitbewohner bemerkten es nach und nach. Pussy war nach ihrer schweren Krankheit nicht mehr die Alte . Zwar ging sie noch hinaus in den Garten. Aber nicht mehr so häufig und regelmäßig wie früher. Wenn das Wetter nicht ganz so gut war, blieb sie lieber im Haus. Sie stürmte nicht mehr ganz so schnell herbei, wenn Oma sie zum fressen herbei rief. Manchmal dachten alle, die Katze sei auf Tour,während sie sich in Wirklichkeit auf den Dachboden zurückgezogen hatte um dort ungestört zu sein.

Aber es kam dann noch schlimmer. Nach dem folgenden, langen, nassen Winter kamen die Mieter, die die Dachwohnung gemietet hatten und beschwerten sich über gelbe Flecken an ihrer weißen Decke in der Küche, die immer größer würden.

Vater musste den Beschwerden nachgehen und die Grund herausfinden. Er entdeckte schließlich die Ursache auf dem darüber liegenden alten Dachboden, der so gut wie nicht mehr benutzt wurde. Unangenehme Gerüche hatten seinen Verdacht bestärkt und ihn schnell die Ursache finden lassen.

Zu dieser Zeit, wir schrieben inzwischen das Jahr 1963, hatte ich die Schule gewechselt. Für mich begann gerade ein neuer Lebensabschnitt. Ich bekam die Chance von der Grundschule, die quasi von meiner Nase lag, zum Realgymnasium in Saarbrücken zu wechseln. Neue Lehrer, neue Mitschüler und täglich fast 2 Stunden Fahrt in total überfüllten Linienbussen. In unserer Stadt Sulzbach nahm das Gymnasium nur Jungen auf. Dass überhaupt Mädchen Abitur machen, galt damals noch als Ausnahme !

Töchter brauchen nicht so viel zu lernen, die heiraten ja sowieso, war die landläufige Meinung und Oma machte da keine Ausnahme.

So war ich wenigstens etwas abgelenkt, als mir Mama mitteilte, dass die Tante Else, eine sehr couragierte Großcousine meiner Oma, die diese Zeitlebens beim großen Hausputz unterstützte und viele Feste mitgefeiert hatte, die alte kranke Pussy mitgenommen habe. Sie lebe jetzt auf einem Bauernhof, wo es viele Ställe und noch mehr Mäuse gäbe. Es gehe ihr da sicher gut.

Das war das letzte, was ich von unserer Katze gehört habe. Ich weiß nicht, ob ich das alles so glauben kann, aber etwas anderes wurde mir nicht gesagt.
Über die Anschaffung eines neuen Kuscheltigers wurde in der folgenden Zeit nicht mehr nachgedacht, weil der Verlust noch sehr schmerzte und ich mich ja ganz neuen , zeitraubenden Herausforderungen stellen musste, so dass ich kaum noch Zeit für ein Haustier gehabt hätte. Täglich war ich zwei Stunden mit dem Bus zur Schule nach Saarbrücken unterwegs, zusätzlich

hatte ich Klavier- und Konfirmationsunterricht.

Mit meinem Älterwerden übertrug auch mein Vater mir jetzt öfter Arbeit in seinem Architekturbüro, was ich gern machte, aber auch zusätzlich zu Lasten meiner schon knappen Freizeit ging.

Zwei Jahre später - 1965, ich war jetzt 15 Jahre jung - wurde unser Haus durch einen weiteren Anbau großzügig durch meinen Vater erweitert. Wir bezogen dort eine große, moderne Wohnung . Oma ging zu der Zeit in den Ruhestand und gab endgültig ihren Laden auf, nachdem 1963 die Kokerei für immer geschlossen wurde und damit leider auch ihre bisherigen (Arbeits-) Schuhkunden ausblieben .

In meiner späteren Studentenzeit wurde dann auch noch der gut brennbare Schlamm meines geliebten Schlammberges in wochenlanger Arbeit von großen Baggern abgetragen und im Heizkraftwerk gewinnbringend verbrannt. Durch das Abtragen und Verladen entstanden so viel

Lärm und Erschütterungen, dass ich es tagsüber in meinen Elternhaus nicht mehr aushielt. Der Lärm begann schon in aller Herrgottsfrühe und endete erst am späten Abend, sodass ich gezwungen war , meine Prüfungsvorbereitungen in der Uni - Bibliothek oder bei Freunden zu treffen.

Auch unser heißgeliebtes Wald-Schwimmbad, dessen sehr kaltes Wasser direkt aus einer nahegelegenen Quelle kam, mehrere Generationen von Kindern zu gesunder sportlicher Betätigung und Abhärtung verhalf und immer ein toller Jugendtreff war, gibt es nicht mehr. Es fiel der Geldnot unserer Kommune zum Opfer. Der Geldsegen wurde anderem zuteil.

Quasi als Ausgleich dürfen sich viele Menschen, die sich kein Auto leisten können, beim kilometerweiten, wöchentlichen Transport ihrer Lebensmittel in körperliche Bestform bringen. Sei es mit dem Fahrrad, dem Kinderwagen oder einfach mit Rucksack und Rollator.

Es gibt heute keine Lebensmittelgeschäfte
- Tante – Emma - Läden - mehr in der
Nähe. Ich frage mich ernsthaft, ob wir
früher in so mancher Hinsicht nicht doch
glücklicher waren.

Alles hat seine Zeit und auch sein Ende !

Mein Leben, gemeinsam mit gemütlich
schnurrenden Kuscheltigern, endete vorerst
auch für Jahre, aber die wohl einzigartigen
Erlebnisse und Erfahrungen mit dieser
geheimnisvollen Schöpfung sollten mich in
meiner Erinnerung nie mehr loslassen !

Ende

Do beißt kä Katzz kä Maus kä Fade ab

Über die Autorin

Die Autorin wurde Anfang der fünfziger Jahre im Herzen des Saar – Bergbaus, umgeben von **Schlammbergen** und Schlammweihern, geboren und verbrachte dort zusammen mit der Familienkatze Pussy ihre komplette Kindheit und Jugend. Sie erlebte diese auch politisch hochinteressante Nachkriegszeit als Tochter einer einheimischen Saarländerin und eines bundesdeutschen Vaters, mit den Augen eines Kindes. Eine andere Welt, an die sie sich - wie sicher so manche " Dosenöffner " - auch gerne zurückerinnert und so Manches auch gerne wieder zurück hätte !

Nach Abschluss ihres Studiums der Betriebswirtschaft an der Uni der Landeshauptstadt verzog sie aus beruflichen Gründen nach NRW . Heute verbringt sie mit ihrem Mann aber wieder viel Zeit in ihrer alten, geliebten Heimat im Sulzbachtal, wo sie inzwischen einen zweiten Wohnsitz hat.
Bei diesen Aufenthalten im Elternhaus werden die Erinnerungen an frühe, glückliche Kind - Zeiten wieder lebendig, den Zeiten, in denen auch Pussy, ein ganz besonderes Tier, ihr bester Seelentröster war und ihre heutigen Freunde jenseits der

Landesgrenze noch als ganz spezielle Erbfeinde angesehen wurden.

All diese wieder wachgerufenen Gefühle, Erlebnisse und Lebensumstände haben sie zum Schreiben dieses Buches veranlasst und sie nebenher auch noch zur kreatieven Katzenmalerin werden lassen, wie man das aus dem Buchcover und den vielen Bebilderungen im Buchinnenteil entnehmen kann. Die Leser erhalten durch die tierischen Erzählungen nicht nur lustige Katzengeschichten, sondern auch interessante Hinweise über das Halten von Pelznasen.

Die Liebe zu Katzen begleitet Eva Lausch ihr ganzes Leben.

Bilder

Cover : *Klavierkatze*

Rückseite : Zur Autorin und ihrem Buch

Alle Bilder und Zeichnungen von Evi Schmitt

Zeitfracht Medien GmbH
Ferdinand-Jühlke-Straße 7
99095 Erfurt, Deutschland
produktsicherheit@kolibri360.de